나는 꽃

양민주수필집

나뭇잎 칼

산지니

아가


옛날 딸 부잣집 막내딸 이름은 아가였다
저녁연기 고슬고슬 피어오르는
작은 마을에도 아가는 있었다
칠남매 막내인 내 여동생 이름도
세 살 무렵까지 아가였다
호적에 2년이나 늦게 올려진 아이
아가야 하고 부르면 방긋방긋 웃던
예쁘고娥 아름다운佳 그 이름
어머니가 여자아이를 많이 낳아
이름을 얻지 못해 불린 천덕꾸러기였다
지금은 그 이름이 그립다

아가가 많은 세상이 오면
세상도 예쁘고 아름다워지지 않을까?
아버지는 여동생 이름을
항렬자에다 공경경敬을 넣어서 지어주셨다
세상 사람들이 늦둥이로 태어난 여자아이를
공경하라고 공경받는 아이가 되라고
봄 산 대지에서 뿜어내는 연두의 풀싹처럼
누구든 아이를 많이 낳았으면 좋겠다


2019년 봄 신어산자락에서
양민주

# 차례

1부
## 사다리꼴
## 시렁

2부
## 양주

1부

사
다
리
꼴
시
렁

# 사다리꼴 시렁

시골집 마루 위에는 시렁이 있다. 시렁은 두 개의 긴 나무를 가로질러 선반처럼 만들어 물건을 얹어 놓는 곳이다. 여느 시골집도 마찬가지로 처마 밑에 제비집이 있었고 그 안쪽에는 시렁이 설치되어 있었다. 시렁 위에는 보리밥 소쿠리나 함지박에 제수를 담아 가지런히 올려 두곤 하였다. 시렁은 꽤 높은 곳에 있어 어린애들이 손을 대서는 안 되는 귀한 음식 같은 것도 올려 두었다. 높고 그늘진 곳에 음식을 올려 둠으로 통풍이 잘되어 음식이 상하지 않고 새나 짐승들의 접근을 막기 위한 선조들의 지혜가 깃들어 있었다.

선조들은 집안에 어지럽게 널려 있는 잡다한 물건과 음식을 선반이나 살강 그리고 시렁을 만들어 정리정돈을 하였던 것 같다. 나는 재봉틀 의자를 놓고 올라가 이런 곳에 놓아둔 음식을 몰래 훔쳐 먹곤 하였다. 어떤 때에는 음식을 내리다가 소쿠리 무게를 못 이겨 음식을 바닥에 쏟는 경우도 있었다. 그런 날은 어김없이 어머니에게 매를 벌고 쫓겨났다. 이 밖에도 시렁에는 소반과 제기를 담아 두는 함 등이 얹혔고 어떤 때에는 못생긴 메주나 오가리가 달리기도 했다.

시렁의 모양은 대개 길쭉한 직사각형 모양으로 평행이면서 수평이다. 균형이 잘 맞아야 음식과 보관해야 할 물품을 쏟아지지 않게 많이 올려 둘 수 있었기 때문이었다. 그렇지만 우리 집의 시렁은 사다리꼴 모양이다. 아버지가 아름다움을 추구하여 새롭고 독특한 느낌이 나도록 꾸며서 만든 것은 아니다. 지금에 와서 가만히 쳐다보면 직사각형보다는 아름답다. 이처럼 사다리꼴이 된 데에는 유년시절 나의 철없는 행동이 깃들어 있다.

내가 살던 마을은 산을 하나 두고 그 너머로 낙동강이 유유히 흐르고 있다. 우리 민족끼리 싸운 슬픈 역사인 6·25전쟁 때에는 낙동강을 사이에 두고 국군과 인민군이 치열한 전투를 벌인 격전지였다. 난리를 피해 고향을 떠났다가 돌아와 보니 집은 모두 불에 타 버리고 사랑채만 덩그러니 남아 있었다. 사랑채에는 부상자를 치료한 의약품통과 피가 묻은 붕대 등이 어지러이 널려 있었다고 했다. 우리 집 사랑채가 전쟁

부상자를 치료한 야전 병원으로 쓰였던 것이다.

세월이 지나 전쟁의 상처가 어느 정도 아물었을 때 장손인 아버지는 고모들과 삼촌의 도움을 받아 안채를 다시 지었다. 나는 터를 고르고 주춧돌을 놓고 기둥을 세우고 상량을 올리고 서까래를 다듬고 짚을 잘게 썰어 넣어 진흙을 이겨 벽을 세우고 기와를 올리는 과정을 보면서 자랐다. 집이 어느 정도 완성되었을 때에는 돈이 모자라 공사가 중단되기도 했다. 문도 달지 않은 방에서 아버지와 같이 여름밤을 지내며 으스름 달 빛에 하늘의 시렁 위에 올라앉은 별을 보면서 잠을 잔 기억이 떠오른다. 귀신 이야기를 많이 들어 무섭기도 했지만, 아버지가 있어 든든했다.

여름과 가을이 가고 겨울이 왔다. 어느 날 아버지는 자전거로 읍내에 가서 길이가 같은 기다란 각목을 두 개 사 오셨다. 각목을 실어 자전거를 타지도 못하고 힘들게 오십 리 자갈길을 걸어서 해거름에 왔다. 그 각목은 한동안 사랑채 마루 위에 아무렇게 빙치되어 마르고 있었다. 나에게 각목은 아무 곳에도 쓸모없는 것으로 보였으며 걸리적거리기만 했다.

그 당시 마을 앞에는 우포늪 크기만 한 어울늪이 자리하고 있었다. 지금은 어울늪이 경지정리 사업으로 논으로 변해 있지만, 늪은 사철 우리들의 놀이터였다. 겨울에는 늪이 꽁꽁

얼어 거기에서 연을 날리고 얼음에 구멍을 뚫어 고기를 잡고 썰매를 타고 놀았다. 나는 낡은 썰매를 버리고 새 썰매를 만들기 위해 재료를 찾던 중 그 각목이 눈에 들어왔다. 썰매를 만들기에는 안성맞춤이었다. 각목 하나를 필요한 만큼 잘라 손에 익은 솜씨로 썰매를 멋지게 만들어 타고 놀았다.

그러던 어느 날 아버지는 나를 불러 물어보지도 않고 각목을 잘라 썰매 만든 것을 두고 조용히 꾸중하시면서 당신 자신을 질책하셨다. 그리고 며칠 뒤에는 새로 지은 집에 시렁이 만들어졌는데 한쪽의 길이가 짧은 사다리꼴이었다. 길이가 짧은 시렁의 각목은 내가 잘라서 썰매를 만들고 남은 그 나무였다. 각목은 새로 지은 집에 시렁을 만들기 위한 자재였다. 그것을 알고 나도 잘못을 깨닫고 한동안 마음 앓이를 했다.

철모르고 했던 나의 행동을 나무랐지만, 아버지 당신이 자신을 질책하던 모습이 눈에 선하다. 아마도 이 나무는 새집에 시렁을 만들 자재이니 손을 대지 말라는 말을 나에게 미리 일러 주지 못한 탓일 것이다. 그리고 이 각목으로 내가 썰매를 만들 것이라는 사실을 상상이나 했을까? 예상치 못한 일에 어처구니없는 마음도 들었으리라. 아버지는 자식들이 잘못을 저지르면 늘 자기 탓을 했던 기억이 난다. 자라면서 자식들이

다쳐도 자기 탓이고 공부를 못해도 자기 탓이고 심지어 싸움질을 해도 자기 탓이었다.

아직도 시골집 청마루 위 시렁은 한쪽 각목의 길이가 짧은 사다리꼴이다. 마루에 누워 시렁을 볼 때마다 그때의 추억과 아버지의 모습이 떠오른다. 사다리 위에 올라앉아 잘려나간 각목에 망치로 못질하며 시렁을 설치하는 야윈 아버지의 모습이 보인다. 시렁을 휘감고 불어오는 마파람에 아버지의 향기를 맡으며 나는 풋잠이 든다. 늘 있는 그대로 받아들이며 자기 탓으로 삶을 꾸린 아버지는 지금도 내 마음속에 살아계신다.

# 버리고 출발하기

을미년 새해가 밝은 지도 일주일이 되었다. 새해 들어 각자가 새 각오로 이루고자 한 일은 잘 실천이 되고 있는지 궁금하다. 아직 잘 지켜가며 노력하는 사람도 있을 것이고 작심삼일로 벌써 포기한 사람도 있을 터이다. 매년 새해의 출발선에 서면 나도 남들처럼 계획을 세우고 이루려고 노력한다. 그러나 연말에 가서는 대체로 성공하지 못해 허무한 마음을 지울 수가 없다.

올해도 그러했기에 내가 이루고자 한 일에 대해 처음부터 차분히 되돌아보았다. 내가 이루고자 한 일은 나의 욕심이었다. 욕심은 나의 마음에 무엇을 채워야 한다는 필연으로 이 욕심을 채우지 못하였을 때 오는 허무감이었다. 애초에 욕심을 부리지 않았다면 한 해를 보내는 허무감도 싹을 틔우지 못했을 것이다. 무리하게 계획을 세우고 욕심을 부려 내 것으로 소유하고자 한 데서 오는 좌절이 원인 같았다.

사람의 삶은 어떻게 보면 소유의 역사처럼 보인다. 자신의 몫을 위해 끊임없이 싸우고 노력한다. 하나라도 더 많이 갖고 이루고자 하는 일념에서 좌절하였을 경우에 찾아오는 허무감은 나의 정신건강에도 정말 좋지 않은 영향을 미쳤다. 이를 반복하지 않기 위해 올해부터는 연초에 거창한 계획보다는 버리는 것을 생각해 보기로 했다. 소유의 마음에서 무소유의 마음으로 바꿔 보는 것이다.

법정 스님은 「무소유」에서 난초 두 분을 정성스레 기르느라 승가의 유행기에도 나그넷길을 떠나지 못했고 잠시 볼 일이 있어 방을 비울 때도 환기를 위해 창문을 열어 놓는 등 난초에 집착하였다. 그런 난초를 어느 날 놀러 온 친구에게 주어 버리므로 얽매임에서 벗어났다고 했으며 이때부터 하루에 한 가지씩 스스로 버려야겠다고 다짐했다. 세상에 태어날 때 빈손으로 왔기에 빈손으로 가고자 하는 무소유의 실천이었다.

과연 법정의 버림을 무소유로 봐야 할까? 법정 스님의 버림에 대하여 깊이 생각해 보면 무소유를 또 다른 소유로 볼 수 있지 않을까? 필요 없음의 물질을 버림으로써 자신의 필요 있음을 얻는 것이다. 즉 난초를 버림으로써 자유를 얻는 삶은 자유의 소유로 보고 싶다. 버림으로써 얻어지는 자유는 더 큰 소유와 다를 바 없다. 단지 개인이 무엇을 버리고 무엇을 취하느냐의 문제로 물질의 풍요를 택하느냐 정신의 풍요를 택하느냐의 차이라고 본다.

세상에 무소유라는 것은 나에게 있어 존재하지 않는 것으로 여겨진다. 소유에서 사유재인 물질인가 공공재인 정신인가의 차이로 여겨질 뿐이다. 여기에서 사람들은 물질을 버리고 공공재를 소유하는 삶에 대해 생각해 볼 필요가 있는 것이다. 물질 대신 정신의 풍요를 추구하는 삶과 두 개는 많다는 법정 스님의 무소유 정신은 나눔을 실행하게도 한다.

법정은 무소유에서 가진 것을 하루 한 가지씩 버릴 줄 아는 마음이 집착에서 벗어날 수 있음을 행동으로 보여 주고 있다. 소유에서 무소유로의 방향전환은 모든 욕망과의 단절을 뜻하여 가진 것을 버리는 삶은 자비를 실천하는 또 다른 의미가 되는 것이다. 그 의미는 물질 만능의 시대를 살아가는 우리에게 욕망에서 벗어나는 길만이 무소유의 삶을 사는 길이라는 교훈을 준다.

우리가 사악한 마음으로 모든 물질을 소유하고자 한다면 이것은 무소유의 삶과 거리가 멀다. 무소유에는 근원적인 체험이나 생각 등이 다 녹아 있다. 이것을 바로 알고 실천하는 것이 진실 된 삶이 될 것이다. 평생을 살고 생을 마감하는 사람이 깊은 회한에 잠기는 경우를 본 적이 있다. 이는 버리는 삶을 살지 않아 구속된 상태에서 오는 후회가 아닐까 싶다. 돌이켜보면 하나를 버림으로써 하나를 얻는 무소유가 소유를 성립하게 하는 것으로 해득할 수 있다.

을미년 새해는 거창한 계획을 세워 놓고 이루기 위해 발버둥을 치기보다는 욕심을 버리고 가볍게 출발해 보고자 한다. 그럼 한 해를 마무리하는 연말에는 후회도 덜하지 않을까? 여러 사람과 만물의 관계 속에서 살아가는 개인이 욕심을 부려서 하나를 얻게 되면 누군가 하나를 잃게 됨을 염두에 두어 보자. 그리고 버림으로 다른 것을 얻는 무소유가 진정한 소유임을 인식하면서 출발해 봄은 어떨까.

# 살무사에서 사무사로

　지난 주말 경운산을 올랐다. 화창한 봄 날씨에 연초록 잎의 아름다움을 만끽하며 등굽잇길을 갈 때 어디선가 바스락거리는 소리가 들렸다. 귀를 세우고 소리의 진원지를 찾아 사방을 두리번거리자 맞은바라기 철쭉나무 밑 마른 검불 사이로 작은 꽃뱀 한 마리가 황급히 기어가고 있다. 봄 햇살을 쬐려 나왔다가 인기척에 놀란 모양이다. 나도 깜짝 놀라 뒤로 물러서며 가만히 그곳을 피해 산을 오르는데 뱀에 대한 몇 가지 단상이 떠올랐다.

　제일 먼저 떠오른 것이 서정주 시인과 그의 시 「화사(花蛇)」였다. 시를 보면, 사향(麝香) 박하(薄荷)의 뒤안길이다./ 아름다운 배암……./ 얼마나 커다란 슬픔으로 태어났기에, 저리도 징그러운 몸뚱아리냐// 꽃대님 같다.// 너의 할아버지가 이브를 꼬여내던 달변(達辯)의 혓바닥이/ 소리 잃은 채 날름거리는 붉은 아가리로/ 푸른 하늘이다…… 물어 뜯어라, 원통히 물어 뜯어,// (…) // 우리 순네는 스물 난 색시, 고양이같이 고운 입술…… 등의 강렬한 시어로 구성되어 있다. 화사는 꽃뱀에 대한 매혹적인 아름다움과 혐오스러움의 상반된 감정을 통해 우리 내면에 자리 잡고 있는 양면성을 표현했으며 아름다움과 혐오의 기로에서 선택은 사람의 몫으로 남겨 두었다고 나름 해석을 하고 있다.

두 번째 생각나는 것은 내 고향 밭둑 돌무더기 사이에 하얗게 피어난 5월의 찔레꽃이다. 군것질거리가 귀하던 시절 찔레순을 꺾어 먹기 위해 다가가면 거기에는 어김없이 기다랗고 허연 뱀의 허물이 걸려 있었다. '진대'라는 황구렁이의 허물로 크기가 지게 작대기만 했다. 구렁이는 돌담장 사이 틈새나 곡식을 넣어 둔 도장에서 주로 나타났는데 어른들은 집지킴이라 하여 그냥 놓아 두었다. 지금은 환경이 많이 변하여 이런 큰 구렁이를 볼 수가 없어 아쉬움이 크다.

마지막으로 떠오른 것은 카페 활동을 하는 지인이다. 지인은 카페의 닉네임을 '사무사(思無邪)'로 정하고 그 뜻대로 생각을 바르게 가져 사악함이 없이 살고자 하였으나 다른 회원들이 '살무사'로 불러 난처하다고 했다. 그래서 뱀을 보면 사무사라는 말이 떠오른다. 사무사는 논어 위정편에 나오는 말로 자왈(子曰) 시삼백(詩三百) 일언이폐지왈(一言以蔽之曰) 사무사(思無邪)(공자가 말씀하시길 『시경』에 실린 삼백 편의 시에는 한마디로 간사한 생각이 없다.)라고 한 데서 유래한다. 『시경』은 주(周)나라 초부터 춘추(春秋)시대의 많은 시가(詩歌) 중에서 공자가 311편을 엄선하여 수록한 책이다. 예의에 합당한 것으로 엄선된 작품은 순박한 백성들의 생활과 감성에 좋은 영향을 주었다.

　이런 좋은 뜻이 있음에도 불구하고 살무사로 불리니 그 사람은 환장할 노릇이었다. 사무사에 대해 일일이 설명하기도 뭣하고 해서 닉네임을 아예 다른 것으로 바꾸었다고 했다. '살무사'는 우리가 잘 알고 있는 독사다. 사람은 뱀이란 말만 들어도 섬뜩해하는 잠재의식이 있다. 그만큼 뱀은 사람들이 싫어하는 동물이다. 모르긴 몰라도 살무사의 살은 죽일 살(殺)을 쓰지 않을까 싶다. 이렇듯 '思'에서 '殺'로 바뀌어 불리게 되었으니 황당할 것이다.

　사벽(邪辟)함 없이 생각하며 살자고 '思'가 들어간 사무사를 썼을 터인데 생각을 죽이고 '殺'이 들어간 살무사로 불리는 이런 현실에서 우리 사회가 삭막해지는 것은 아닐까? 침몰한 세월호가 주는 교훈을 봐도 그렇다. 사무사와 거리가 먼 생각 없는 사람들의 사악한 짓거리라고밖에 달리 말할 수 없다.
이제는 6·4 지방자치단체장과 교육감 선거가 얼마 남지 않았다. 22일부터는 선거운동기간에 들어간다. 후보자도 이 사회를 위해서 무엇을 할 것인가를 사악한 마음을 버린 상태에서 생각하고 유권자도 깊이 생각하여 제대로 된 인물에 투표를 해야 한다.

생각이 죽어 버린 사회는 절대 건강한 사회가 될 수 없다. 올바른 생각에서 올바른 행동이 나옴을 명심하자. 이제는 진정 '살무사'에서 '사무사'로 갈 차례이다. 땀을 흘리고 경운산을 내려오는 발걸음이 가볍다.

# 돼지의 배를 불리는 지혜

솔베이지의 노래처럼 애절한 기다림이 없어도 여름이 찾아왔다. 지난 5월 가정의 달은 세월호 사고 여파로 여느 달보다 차분했다. 남의 아픔을 나누어 가지는 성숙한 시민의식의 발로이리라. 가정의 달 5월은 가족의 중요성을 일깨워 주는 달이다. 모 라디오 방송에서 가정의 달 특집으로 "가족의 탄생"이란 슬로건으로 시청자들의 사연을 받아 소개해 주는 내용을 우연하게 들었다.

시어머니와 친정어머니가 함께 살면서 정을 나누는 사연, 재혼가정의 자매가 우애를 나누는 사연, 장애아를 임신한 사실을 알면서 출산을 하여 장애를 극복해 가는 눈물겨운 사연 등이었다. 이런 사연들은 하나같이 심금을 울렸다. 사람 사는 세상이 아름다운 것은 탄생에 있었다.

탄생은 태어남을 일컫는다. 김해도 김수로왕이 태어남으로

써 유구한 역사를 이루고 면면히 흐르고 있다. 김수로왕이 태어나 허왕후를 맞이하고 이성을 향한 사랑이 새로운 생명을 탄생시켰기에 오늘날의 김해가 있다. 태어남이 없다면 사랑과 역사는 없다. 탄생, 즉 창조를 가져오는 개념이 인문학에서 말하는 사랑의 묘약이 아닌가 한다. 태어남은 죽음과 대립하는 개념으로 죽음만 있고 태어남이 없다면 궁극에 가서 인류는 멸망하고 만다.

아기의 탄생을 두고 생각해 보자. 여성이 임신하고 견디기 힘든 입덧을 겪고 태교로 뱃속에서 열 달을 키워 진통이라는 크나큰 아픔과 더불어 몸풀이를 거친다. 출산한 아이는 신생아 때부터 보통 대학을 졸업할 때까지 부모가 거두어야 한다. 아이를 키우는 비용이 만만치 않고 사회 환경도 열악하다. 때로는 사고와 질병으로 안타깝게 잃어버리기도 하고 나라를 위해 목숨을 바치기도 한다. 6월은 호국 보훈의 달이다. 순국선열의 숭고한 희생정신에 머리 숙여 경의를 표한다.

이러한 사유로 우리나라의 출생아 수는 굳이 통계자료를 들이대지 않더라도 줄어들고 있다. OECD 국가 중 합계출산율이 가장 낮은 초저출산국이다. 그래서인지는 모르겠지만 나는 아이를 데리고 다니는 여성이 좋고 임신을 하여 배가 부른 여성을 보면 무척 아름답게 보인다. 꽃보다 사람이 아름다운 경우다. 이 아름다운 여성은 어떻게 태어났을까?

그리스 로마 신화에서 보면 금, 은, 청동, 철의 네 시대 가운데 인간은 청동시대에 프로메테우스에 의해 창조된다. 인간들은 싸움질만 하는 형편없는 족속들이었는데 프로메테우스는 신들의 전용물인 불을 훔쳐다가 인간에게 준다. 이 불로 인간은 문명을 발달시키고 최고의 신 제우스는 프로메테우스를 불을 훔친 죄로 바위산 절벽에 매달고 독수리로 하여금 간을 쪼아 먹도록 한다.

그 당시 창조된 인간 가운데 여성의 유일한 삶은 결혼해서 아이를 낳고 기르는 것이었다. 작금에 와서는 여성이 삶의 영역을 여러 방향으로 확산하여 아이를 낳고 양육하는 일의 비중이 줄어들었기 때문에 출생률이 줄어들지 않았을까? 이와 반대로 남성들은 삶에서 여성들이 가져간 삶의 영역만큼 아이를 양육하는 일을 더 해야 하지 않을까? 이제는 아이를 낳아 대를 잇는 일이 선택이 아닌 필수인 만큼 그에 따른 정책을 세워야 한다.

인문학에서 답을 구해 보자. 나는 인문학을 사람에 관한 학문쯤으로 알고 있었다. 영 틀리지는 않았다고 본다. 지금은 내가 누구인지 정체성을 찾고 이것이 어떤 자연물이며 어떻게 살아야 하는지 끊임없이 질문하고 그 질문에 대답을 찾는

것이라고 좀 더 나아갔다.

성냥개비로 돼지 한 마리 모양을 만들고 성냥개비 두 개를 움직여 여러 마리의 돼지를 만들라는 문제를 우리는 어떻게 풀어야 할까? 인문학에서는 이 문제의 정답을 지혜롭게 준다. 돼지의 배를 이루고 있는 성냥개비 두 개를 밑으로 처지게 배를 불려 임신시키면 된다고……. 아이를 많이 낳게 하는 정책은 뜻밖에 쉬울 수도 있다.

# 김해라는 공간

김해에 터를 잡고 살아오는 동안 강산이 세 번 변했다. 살면서 김해에 대해 하나하나 알아 가게 되는데 그럴수록 참 좋은 곳이라는 느낌을 받는다. 김해는 김수로왕이 세운 가락국의 도읍지로 우리나라의 도읍지인 서울과 지형적으로 닮은 점이 많았다. 풍수에서 길지(吉地)의 중요한 요소가 첫째는 산이고, 둘째는 물, 셋째는 방위이다. 이 세 요소의 배치와 형상 및 조합에 따라 길지가 가려진다고 하는데 김해는 완벽에 가까울 정도로 조합이 잘 이루어져 있었다.

먼저 산을 두고 보면 좋은 길지는 좌청룡(左青龍), 우백호(右白虎), 남주작(南朱雀), 북현무(北玄武)로 둘러싸인 안쪽을 말함이다. 서울은 경복궁을 중심으로 좌청룡은 낙산, 우백호는 인왕산, 북현무는 북악산, 남주작은 남산으로 볼 수가 있겠다. 여기에 비추어 김해는 수로왕릉을 중심으로 좌청룡은 고조산(顧祖山)으로 볼 수 있겠다. 고조산은 좌청룡격인 분성산 줄기가 내려오다 활천고개를 넘어서 용의 머리에 해당하는 곳이 김해 시내를 조상 보듯 돌아본다고 하여 붙여진 이름이라고 한다.

김해중앙여자고등학교 뒤에 돌올하게 솟은 산으로 시민들은 남산으로 부르기도 하는데 이 지역에서 오래 산 어른의 말에 의하면 남산은 지금 시청이 들어선 자리 주변이고 그 위쪽이 고조산이라고 했다. 풍수지리에서는 이처럼 산의 지맥이 뻥 돌아서 본산(本山)과 서로 마주하는 것을 회룡고조(回龍顧祖)라 한다. 고조산, 정감 가는 이름이라 기억하길 청한다. 우백호에 해당하는 산은 임호산, 남주작에 해당하는 산은 봉황대, 북현무에 해당하는 산은 구지봉으로 볼 수가 있겠다.

청룡, 주작(봉황), 백호, 현무(거북)는 우주의 질서를 지키는 동서남북의 수호신으로 김해를 둘러싸고 있는 산의 이름에다 녹아들어 있다. 고조산은 과거 산불이 자주 일어났는데 이의 원인으로 임호산의 기(氣)가 세어 기에 눌려 산불이 일어난다고 보았다. 이를 다스리기 위해 임호산의 형세에서 호랑이 입에 해당하는 곳에 재갈을 물린다는 의미로 흥부암을 세웠다고 한다. 서울도 마찬가지로 인왕산의 기가 세어 낙산에서 불이 자주 났다고 한다.

다음으로 물을 두고 보면 서울은 한강과 청계천, 김해는 낙동강과 해반천이 도심을 흐르고 있다. 서울은 진산인 북한산을 뒤로하고 있으며 김해는 진산인 무척산을 뒤로하여 따뜻한 남향으로 열려 있다. 이렇게 여러 가지로 서울과 김해는 지형이 닮은꼴이다.

역사적으로 보았을 때 가락국의 도읍인 김해는 조선의 도읍인 서울보다 무려 일천 년 이상 앞서 유래했다. 서울보다 유구한 역사를 자랑하는 김해의 주변에는 아름다운 자연 마을이 많이 생겨났으며 〈김해뉴스〉는 자연 마을을 무려 100여 곳이나 발로 뛰어 소개하여 주거 문화와 그 밖에 많은 지혜를 전달해 주었다. 선조들은 풍수지리의 모든 여건을 고려하여 마을을 형성하였으며 개발을 피해 지금까지 남아 있는 마을은 김해의 원형질이라고 해도 과언은 아닐 것이다.

인간 생활에서 필요한 삼대 요소는 의(衣), 식(食), 주(住)다. 그중에서 예나 지금이나 주에 큰 가치를 두는 사람이 많다. 그런 면에서 신도시 아파트에 사는 사람들은 내 집을 가졌다는 한 가지의 꿈은 이룬 사람들이다. 프랑스 철학자 가스통 바슐라르는 "우리는 아파트의 공간이 우주성이 없다는 사실을 알지 못하고 살아간다"라고 했다. 그럼에도 우리나라는 주거문제를 아파트로 풀고자 하므로 금수강산 여기저기에 수직의 아파트를 짓느라고 분주하다.

김해에도 동서쪽에는 이미 많은 아파트가 들어섰고 남쪽에는 일부 고층아파트가 들어섰으며 또 짓고 있다. 지난날 김해들판에 나가 도심을 바라보면 시가지가 아늑하게 다가왔는데 이젠 이 아름다운 풍광을 볼 수 없어 안타깝다. 북쪽에도 아파트가 들어서 있는데 또 지으려고 한다. 아파트를 짓는 것은 나무랄 수 없다. 하지만 아파트를 짓는 모든 기업은 이익을 추구하기에 앞서 입지적으로 집을 지어 마땅한가를 고려해 주었으면 좋겠다. 가락국의 도읍지 '찬란한 김해'의 공간 입지에 맞지 않는 아파트는 흉물이 될 게 불 보듯 빤함을 염두에 두어야 하지 않을까.

# 광복절과 축구

　해마다 광복절이 다가오면 축구에 대해 생각하게 된다. 일제강점기 때 우리 민족이 축구 경기를 통해 울분을 달랜 이유도 있겠지만 어린 시절 광복절 날 면 소재지 초등학교 운동장에서 개최한 마을 대항 축구대회 때문이다. 대략 여남은 개 마을에서 동네청년을 주축으로 마을 사람 전체가 참여하여 팀을 꾸려 자웅을 겨루었는데 그 풍경이 아련하다.

　잡초가 듬성듬성 나 있는 운동장 안에는 흙먼지를 일으키며 마을의 명예를 위해 열심히 공을 차는 선수들이 있었다. 햇볕에 탄 얼굴에서 흘러내리는 선수들의 땀방울은 한여름 무더위를 무색도록 했다. 운동장 가장자리 플라타너스 그늘에는 마을 사람들이 천막을 치고 커다란 가마솥에 불을 때어 국밥을 끓였다. 음식을 나누어 먹으며 자기 마을의 경기가 있을 때마다 목이 터지라 고함을 지르며 응원을 했다.

엄마의 치맛자락을 잡고 졸졸 따라다니는 어린아이의 주위에는 아이스케키 장수가 있었고 목이 좋은 곳엔 수박과 참외를 파는 과일 장수가 있었다. 군데군데 리어카에 엿판을 싣고 뺑뺑이를 돌려 화살을 꽂아서 맞힌 숫자만큼 엿을 주는 엿장수와 검은 고무줄로 심지를 뽑게 하여 긴 고무줄이 나오면 엿을 많이 주는 야바위 엿장수도 있었다.

동네 형은 심지 뽑기로 엿치기를 했는데 용케도 긴 고무줄 심지를 계속 뽑아 나중엔 엿장수가 엿을 다 잃게 되었다. 화가 난 엿장수가 어른을 놀리는 이상한 놈이라고 트집을 잡아 엿을 도로 뺏으려고 하자 엿을 들고 산으로 도망치던 모습도 떠오른다. 나중에 그 비법을 물어보니 고무줄 중에 면도하다 남은 짧은 터럭처럼 고무가 붙은 게 있었는데 그걸 뽑으면 되었다고 했다. 덧붙여 터럭 같은 고무가 야바위 엿장수의 손에 가려져 보이지 않을 때에는 뽑기를 다른 사람에게 슬쩍 양보했다고 했다.

온 면민이 모인 그곳은 잔치마당이요 소통의 장이었고 어른들은 술기운을 빌려 사돈을 맺기도 했다. 여름 방학 중에 일어났던 이러한 유년의 추억은 오래도록 남아 있어 살아가는 힘이 되어 주곤 한다. 아직도 시골 마을에선 광복을 기념하여 축구대회를 열고 있는 곳이 있다고 한다. 전국으로 확산하여 영원히 계승할 일이다.

우리가 사는 김해도 알고 보면 축구의 도시다. 김해외동초등학교, 김해중학교, 김해생명과학고등학교, 인제대학교 등이 교기로 축구를 육성하여 좋은 성적을 내고 있으며 김해시청 축구단이 내셔널리그에 뛰면서 지역경제 활성화와 우리 고장을 홍보하는 일은 고무적이다.

그런데 최근 뉴스 보도에 따르면 김해시와 부산일보사가 주최하는 역사와 전통의 청룡기 전국 중·고교축구대회 개최를 김해시가 취소했다고 한다. 청룡기대회는 2005년에 부산에서 김해로 유치하여 9년째 접어들었다. 올해에도 24개 팀이 참가신청을 한 가운데 개최를 한 달 앞둔 시점에서 대회를 갑자기 취소해 버렸단다.

취소한 이유는 김해시 관계자의 말에 의하면 '마케팅 효과가 없어서'라고 한다. 다른 이유는 없을까? 마케팅 효과로 치면 축구만 한 게 없다. 지난 3일 김해운동장에서 열린 경남 FC와 서울 FC의 경기는 태풍의 영향으로 비바람이 치는 궂은 날씨에도 5천 명이 넘는 관중이 축구를 즐기고 갔다. 진정 마케팅 효과가 없다면 마케팅 효과를 내는 방안을 마련해야지 청룡기대회 자체를 열지 않는다는 것은 잘못되었다고 본다. 이유는 마케팅 효과가 아니라 대회를 주최하는 사람들에게 있다.

우리나라의 축구를 대표하는 박지성, 이영표 등 훌륭한 선수들이 청룡기 출신이다. 이 점을 고려한다면 대회 취소는 또 다른 박지성과 이영표를 꿈꾸는 어린 축구선수의 꿈을 빼앗는 행위와 다를 바 없다.

일제강점기 축구가 우리 민족 조국 광복의 희망이 되었고 나에겐 어릴 때 추억을 만들어 주어 험한 세상을 살아가는 힘이 되었듯이 그 누군가에게 희망이 되고 추억이 된다는 사실을 알면 청룡기 대회를 취소하지는 못했으리라. 청소년의 꿈을 빼앗는 어른들의 잘못은 세월호 사고만으로도 충분하다.

# 지갑을 줍다

실존주의 철학에서 인간의 실존은 본질에 앞서는 것으로 본다. 실존에 있어 인간은 눈에 보이지 않는 '본질'로서가 아니라 개인이 처해 있는 현실 속에서 개별적 '존재'로 이해된다. 개별적 존재는 선택의 갈림길에 서면 하나를 택하여 불안으로 삶을 살아간다. 살아가는 일이 시지포스 신화처럼 바위를 산으로 밀어 올리고, 올리고 나면 굴러 내려오고, 또 밀어 올리고 하는 반복된 행위의 연속이다.

정해진 시간에 출근하기 위해 자동차의 문을 여는데 앞바퀴 밑에 분홍색 지갑이 떨어져 있다. 주워서 내용물을 살펴보니 몇만 원의 돈과 학생증, 그리고 예쁜 인물 사진 몇 장이 들어 있다. 사무실에 와서 주인을 찾아 주기 위해 연락을 했다. 학교 마치고 저녁 시간에 찾으러 오겠단다. 퇴근하여 저녁을 먹고 신문을 보는 중에 초인종이 울렸다.

현관문을 여니 교복을 단정하게 입은 여고생이 작은 케이크를 들고 서 있다. 지갑을 찾으러 온 학생이라 지갑을 건네주니 케이크를 전하면서 감사하다고 한다. 케이크까지는 예상치 못한 일로 한 주를 즐겁게 보냈다. 누구 집 딸인지 모르지만, 감사함을 아는 가정교육이 잘된 딸의 부모가 훌륭해 보였다. 주말이 되어 장애인복지관이 있는 분성산을 아들과 올랐다. 아들은 순박한 대학생으로 공부에는 큰 흥미가 없지만, 성품이 나름 괜찮아 목욕탕으로 산으로 종종 같이 다닌다.

상쾌한 기분으로 내려와 복지관 앞을 지나는데 아들이 "아부지! 저기 지갑" 한다. 검은색 두툼한 지갑이 주차장 바닥에 납작 엎드려 있다. 주워서 내용물을 살펴보니 국립대학 기계공학부 학생증과 신용카드 그리고 몇십만 원이나 되는 현금이 들어 있다. 아들이 "아부지! 이 지갑 현금만 빼고 우체통에 넣어 버립시더"라고 한다. 나는 도덕적 책임감에서 "안 돼! 장애인복지관에 봉사하러 왔다가 지갑을 흘려 버린 착한 대학생일 수도 있잖아. 주인 찾아 주자"고 하니 아들은 잠시 생각하는 듯 고개를 갸우뚱거렸다.

집에 와 지갑의 주인에게 전화를 했다. 그 학생은 경주에 놀러 와 있다고 하면서 저녁에 찾으러 오겠다고 한다. 저녁을 먹고 텔레비전 앞에 앉아 학생을 기다리는데 연락이 없다. 피곤한 몸으로 늦게까지 잠도 못 자고 졸고 있는 마당에 자정이 다 되어서야 전화가 왔다. 아파트 슈퍼 앞에서 기다리고 있으니 지갑을 갖다 달라고 한다. 나는 지난번의 그 여학생을 생각하고 아들에게 살아 있는 교육의 현장이 될 것 같아 자는 아들을 깨워 지갑을 들고 슈퍼 앞으로 갔다.

슈퍼 앞에는 검은색 승용차가 정차해 있고 창이 열린 조수석에는 새파랗게 젊은 여자가 빤히 쳐다보고 있었다. 차 옆에 거만한 남자가 나를 바라보면서 "지갑 주세요!" 한다. 지갑을 내밀자 그 남자는 매가 쥐를 낚아채듯 지갑을 채어 휙 돌아서 운전석으로 가 문을 꽝 닫고는 찬바람을 일으키고 가 버린다.

아들은 졸리는 눈으로 이 광경을 보고 "아부지! 제가 뭐라 했습니꺼, 현금만 빼고 우체통에 넣어 버리자 안 했습니꺼" 한다. 나는 뭐라고 말할 수 없는 멍한 상태에서 "그래도 너는 저러지 마라!" 하고 씁쓸히 발길을 돌렸다. 누구 집 아들인지 모르지만, 감사함을 모르는 가정교육이 잘못된 아들의 부모가 불쌍해 보였다.

요즈음 사회변화에 빨리 적응하기 위해 서두르다가 물건을 잃어버리는 사람이 많다. 스마트 폰이 일례다. 스마트 폰을

주운 많은 사람들은 주인을 찾아 주지 않고 불법으로 거래한다고 한다. 이게 바람직할까? 주운 물건의 주인을 찾아 주었을 때 남자 대학생과 같은 행동을 보였다면 찾아 줄 마음은 생기지 않을 것이다. 그렇다면 찾아 주지 않아도 되는 것일까?

우리는 개별적 존재이기는 하지만 그렇다고 타인과 무관한 존재는 아니다. 나와 타인은 서로 영향을 주고받는 상호적 존재이다. 나 자신은 남에 대하여 주체이지만, 나도 남에게는 타인이다. 자신이 잃어버린 경우를 생각해서라도 주인을 찾아주는 것이 인간의 참모습이 아닐까?

# 고해성사

　지난여름 우리나라를 다녀가신 프란치스코 교황은 과거 도
적질 본능을 이기지 못하고 존경하는 고해 신부의 작은 십자
가를 훔쳐서 지금도 간직하고 있다고 했다. 그러면서 성직자
들은 신도에게 관대한 마음을 가져야 한다고도 했다. 성직자
들도 사람인 이상 과거에 잘못을 저질렀기에 남에게 용서를
먼저 받고 그다음에 용서를 베풀어야 한다는 뜻으로 받아들
였다.

　시골 초등학교 저학년 때의 기억을 더듬어 본다. 교실의 앞
쪽 교탁을 중심으로 오른편엔 낡은 풍금이 있었고 햇볕이 잘
드는 왼편에는 '학급문고'라고 쓴 작은 책장이 놓여 있었다.
책장의 문은 늘 자물쇠로 채워져 있었다. 숙제를 해 오지 않
았거나 싸움질을 했을 때 선생님은 어김없이 학급문고 책장

옆에 꿇어앉히고 손을 들게 하는 벌을 주었다.

그날도 아마 나는 숙제를 하지 않아 학급문고 옆에서 벌을 받고 있었던 것 같다. 학생들이 모두 하교를 하였음에도 선생님은 나를 잊어버렸는지 집엘 보내 주지 않았다. 시간이 한참 지나 해가 저물녘에 교실 문이 열리면서 선생님께서 들어오시고 그 뒤에 반에서 모범생인 친구가 따라 들어왔다.

선생님은 나를 쳐다봤지만 아무런 말씀도 없었다. 열쇠로 학급문고 책장을 열면서 '그래, 책을 많이 읽어야 훌륭한 사람이 되지' 하시면서 뒤따라 온 친구에게 책을 빌려 주셨다. 책장 문을 닫으려다가 벌을 받고 있는 나에게도 책을 한 권 빌려 주셨다. 나의 의사와 관계없이 빌려 준 책이 『아라비안나이트』였다. '알리바바와 40인의 도둑'을 읽을 때는 보물을 가지러 동굴로 들어간 주인공이 도둑들에게 잡힐까 봐 마음을 졸이며 읽었던 기억이 난다.

나는 이 일을 계기로 책이 재미있다는 사실을 알았다. 책을 다 읽고 반납을 한 후 몇 주의 시간이 지났다. 수업을 마치고 청소를 하는데 평소와는 달리 학급문고의 책장이 열려 있었다. 나는 책이 재미있었기에 소유하고 싶은 도적질 본능을 이기지 못하고 『아라비안나이트』를 훔쳤다. 그리고 몇 번을 더 읽었다. 이후 책을 훔친 잘못을 뉘우치고 책을 제자리에 갖다 놓고자 하였으나 책장은 다시 자물쇠가 채워져 있어 결국은 책을 제자리에 갖다 놓질 못했다.

나는 학급문고 책장을 볼 때마다 죄책감에 시달렸다. 그 책은 세월이 흐르면서 어느 순간 없어졌다. 책은 없어져 버렸지만, 책을 훔친 기억은 반세기 가까이 지난 지금까지 남아 있다. 어린 마음에 해서는 안 될 일을 저지른 죄스러움 때문에 잊지 못하고 있는 것은 아닐까.

내 주변에는 글을 쓰는 문인들이 많다. 문인들과 어울려 이야기하다 보면 가끔 책방이나 도서관 같은 데서 책을 훔쳐서 보았다는 사람과 학창시절 수업시간에 선생님 몰래 책을 읽다가 들켜 혼이 났다는 사람이 더러 있다. 누구나 한 번쯤 경험한 일로 남이 알면 창피한 일이다. 그럼에도 어떤 사람들은 스스럼없이 이야기한다. 가슴속에 담아 두었던 말을 뱉어냄으로써 마음이 홀가분해지는 기분 때문일 것이다. 나도 이 글로 말미암아 마음의 짐을 조금이나마 벗을 수 있게 되길 부끄럽지만 염원한다.

'죄짓고 못 산다'라는 말이 있다. 이는 죄를 짓게 되면 불안과 가책으로 마음의 고통을 당하게 되므로 먼저 죄를 짓지 말며, 죄를 지었다면 죄를 털어놓고 용서를 받아야 한다는 뜻이다. 즉 자기 자신을 위해서라도 회개하는 마음으로 고백을 해야 한다. 가톨릭에서는 세례 받은 신자가 지은 죄를 뉘우치고 신부에게 고백하여 하느님에게 용서받는데 이를 '고해성사'라고 한다.

프란치스코 교황은 우리나라에 와서도 일반 사제 앞에 무릎을 꿇고 예정에도 없는 고해성사를 했다. 그날은 평신도들의 고해성사를 받는 날이었다. 그러나 교황은 자기가 먼저 지은 죄를 뉘우치고 용서를 받은 후 신도들의 고해성사를 받았다.

요즈음 우리 사회는 과거 선거 공보물에서 보았듯이 대부분 죄를 지은 사람이 나라를 다스리는 높은 자리에 올라앉아 있다. 국가의 권력을 행사하는 이런 사람들은 뉘우칠 생각은 않고 이권 다툼으로 세월을 보내고 있다. 프란치스코 교황처럼 나라와 시민을 다스리는 사람들이 먼저 고해성사 하기를 바라 본다. 추수에 대한 감사로 신께 제사를 올리는 이 가을에…….

나뭇잎 칼

2부

# 양주

# 양주

올해 딸아이가 대학을 졸업했다. 졸업은 통과의례이다. 다음의 역할은 경제활동이지만 일자리를 구하지 못해 빈둥빈둥 놀고 있었다. 나는 그 모습이 마뜩잖아 대놓고 지청구를 해댔다. 딸아이는 기가 죽어지내다 며칠 전 어느 학교 기관에 계약직 직원 면접을 보고 왔다. 면접 조서에 가족사항과 흡연여부 그리고 주량을 쓰는 난이 있었나 보았다.

딸아이는 가족사항을 적고 담배는 피우지 않으니 '못함'이라고 썼다. 그런데 주량은 어떻게 적어야 할지 몰라 친구에게 물어봤다고 했다. 친구는 "너는 대학 일학년 수련회 때 소주를 여덟 병 마셔도 까딱없었으니 여덟 병으로 적어야 되지 않을까?" 했단다. 딸아이는 곰곰 셈을 해봐도 가리사니를 잡을 수 없어 고민하여 두 병이라고 썼다고 했다.

면접시험에서 면접관이 제일 먼저 말씀하시길 "주량이 세구면, 소주 한 병쯤으로 줄여 볼 의향은 없는지?" 하였다고 한다. 옥셈을 하여 소주 두 병이 센 주량인지 가늠을 못 했던 딸아이는 모기만 한 소리로 "예" 했단다.

이 이야기를 듣고 순수하다 해야 할지, 철이 없다 해야 할지 잘 몰라 허공으로 헛웃음만 날렸다. 내가 알고 있는 한 딸아이는 술을 잘 마시지 못한다. 친구들과 어울리다가 분위기가 나면 가뭄에 콩 나듯이 조금 마시는 것으로 알고 있었다. 다행히 면접에서 결과가 좋게 나왔다.

딸이 직장을 구한 기분에 나는 지금 아내와 술을 한잔하고 있다. 술 하면 사람들은 취한 모습을 숱하게 떠올린다. 주사(酒邪)로 하는 인생의 넋두리, 왁자한 시끄러움, 행패, 토사물의 추한 장면 등이 기억되어 있기 때문이다. 그래서 술을 많이 마셔서 좋을 건 없다. 도가 넘지 않게 절제하여 술을 즐긴다면 술은 각박한 세상에 살가운 사람 냄새가 나는 삶으로 이끈다. 더불어 지난날을 추억하게도 한다.

어릴 적에 아버지가 들으면 제일 좋아하는 말이 있었다. 그말은 "아버지 제가 크면 좋아하는 술 많이 사 드릴게요. 건강하게 오래오래 사세요"였다. 아버지는 주량이 세지 않은 애주가로 이 말만 들으면 만면에 웃음을 띠었다. 성정(性情)에서 묻어 나오는 흐뭇한 표정으로 이 말에 대한 기대와는 무관해 보였다.

객지 생활을 하다가 집에 갈 때는 전화를 걸어 "아버지 뭐 필요한 것 없으세요"하고 물으면 아버지는 "아무것도 필요 없고 그냥 술이나 한 병 사 와" 하시고는 전화를 끊었다. 이 말의 속뜻은 술이 좋아서라기보다 자식의 형편을 고려해 형식적으로 한 대답이었음을 내 자식이 커서야 알았다.

몇 해 전 대학에 다니는 딸아이가 겨울 방학을 이용해 중국 상해로 어학연수를 갔었다. 넉넉지 않은 살림이라 아껴 쓰고 건강 조심해서 잘 다녀오라고 일렀다. 딸애를 출국시킨 후 열흘쯤 뒤 중국 청도에 갈 일이 생겼다. 청도에 도착하니 을씨년스런 날씨에 미세 먼지를 동반한 고추바람 추위와 입에 맞지 않은 음식으로 고생스러웠다. 상해라는 낯선 환경에서 공부하는 딸아이도 일상이 험난하겠다는 추측을 하였다.

어학연수가 끝나갈 즈음 딸에게서 전화가 왔다. "아빠 이제 조금 있으면 집으로 돌아가는데 뭐 필요한 것 없으세요?" 하고 묻길래 무심코 옛날의 아버지가 생각나 "그냥 술이나 한 병 사 와"라고 했다. 딸아이는 "술 살 돈이 남을지 알 순 없지만, 알았어요" 하고 전화를 끊었다.

연수가 끝나고 집으로 돌아온 딸아이의 짐 속에는 양주가

한 병 들어 있었다. 아빠 선물이라며 공항 면세점에서 비싸게 산 술이라고 했다. 딸아이가 아비를 염두에 둔다는 마음자리에 기분이 좋았다. 사진을 찍어서 딸아이가 사 온 양주라며 여기저기 자랑을 했다. 이연(怡然)한 술이라 아까워 마시지 못하고 차일피일 기회를 보던 중에 설날이 다가왔다.

설날이 되면 감사한 사람들께 조그만 선물을 준비하는데 비용이 부담되기도 했다. 명절엔 큰집에서 차례를 지내고 나서 경남 고성인 처가로 가 하루 정도 쉬었다가 온다. 장인 장모는 불귀(不歸)의 몸이지만 처남은 심성이 고와 우리에게 잘 해준다. 그 정성 때문에 선물의 비용도 줄일 겸 양주를 외삼촌께 선물로 갖다 드리자고 딸아이에게 의견을 물었다. 그러자 한마디로 안 된다고 한다. 왜 안 되느냐고 물으니 이유는 대지 않고 쌀쌀맞게 아빠가 마셔야 한다고만 했다.

외삼촌이 싫으냐고 물으니 아니라고 한다. 방법을 바꿔 "네가 외삼촌한테 선물로 드리고 그 자리에서 양주를 따서 아빠와 나누어 마시면, 선물도 하고 양주도 아빠가 마신 셈이니 좋지 않겠느냐"고 달램수를 놓아도 안 된다고 한다. 평소 딸아이는 외삼촌을 잘 따르고 외삼촌도 딸아이를 곰살궂게 챙겨서 사이가 매우 돈독하다. 그래서 이 도타움을 빌미로 몇 번을 더 설득하자 뜻을 들어주었다.

처가에 도착하여 저녁상 앞에 처남과 동서 모두 모여 앉아 이런저런 안부가 오고 갈 때 딸아이가 외삼촌께 드리는 선물이라며 양주를 꺼내 놓았다. 꺼내 놓고 보니 음복주가 남아 있어 이 술을 다 마시고 난 후에 마시자며 잠깐 밀쳐 두었다. 재미난 이야기와 함께 술잔이 몇 순배 돌더니 두루 주럽이 들어 양주를 따지 못한 채 통잠을 자게 되었다.

다음 날 아침에 일어나 집으로 갈 준비를 하였다. 그때 딸아이는 양주를 도로 달라고 하여 챙겨 가자고 했다. 준 선물을 도로 받아 가는 짓은 예의에 어긋나 그냥 차를 타고 출발하였다. 양주를 따지 못한 일은 예상 밖이었다. 세상은 예측대로 살아지는 수도 있지만, 예측대로 살아지지 않는 수도 허다했다. 나는 그 양주를 딸아이가 사 주었지만 마시지 못하는 운명쯤으로 헤아렸다.

반면에 뒷좌석에 탄 딸아이는 고개를 푹 숙인 채 고까워 보였다. 묻는 말에 대답도 없이 아예 말문을 닫아 버렸다. 아내가 조용히 왜 그러느냐고 달래자 나직이 이야기를 한다. "중국에서 연수하면서 배가 고파도 먹고 싶은 것을 참고, 사고 싶은 것도 사지 않고, 추위에 고생하며 아껴 둔 돈으로 연수를 보내 준 아빠 드리려고 양주를 샀는데 아빠는 드시지 못하고 외삼촌 집에 놓고 온 게 싫다"며 눈물을 뚝뚝 흘린다. 다

큰 녀석이 훌쩍거리는 모습을 힐끔거리며 돌아보니 가슴이 찡해져 온다. 그 와중에 끝갈망을 찾으니 암담하기만 했다. 그렇다고 되돌아가서 양주를 받아 올 수도 없는 노릇이었다.

양주를 사기 위한 일련의 과정을 역지사지(易地思之)로 톺아 보니 내가 큰 실수를 저질렀다. 직장을 다니며 부족한 월급으로 생활하는 평소의 모습을 지켜보며 내게 작으나마 힘이 되고자 한 딸아이의 성의를 그렇게 외면했으니 한심하기가 짝이 없었다. 그래도 "그 술은 네가 좋아하는 외삼촌이 마실 터이니 좋은 일이 아니겠냐? 외삼촌이 이런 사연이 있는 양주라는 사실을 알았더라면 분명히 아빠랑 마셨을 텐데, 이해해"라며 마음을 달래 주었지만, 앞으로 딸아이가 술을 사 줄지 사유하니 앞날이 즐겁지만은 않았다. 한 번쯤의 실수는 봐주고 술을 사 주었으면 좋으련만……, 내 눈에 맺히는 눈물은 또 무엇인지!

나는 지금도 마찬가지지만 그때까지 딸과 한집에 살면서 대화라고는 깊이 해본 적이 없는 매정한 아버지였다. 위험하니 밤늦게 돌아다니지 말고 일찍 집에 들어오라는 말과 강밭은 성질로 내가 벌어 주는 돈이니 공부 열심히 하라는 잔소리만 했지 이런 감동을 가르친 적은 없다. 딸은 먹먹한 감동을 주면서 오래된 양주처럼 나를 취하게 했다.

그랬던 딸이 오늘은 취업 못 한다고 구박받던 일도 잊고 면접 본 이야기를 털어놓는다. "아빠, 소주 두 병이 주량이 센 편이야?" 하면서 은연중에 그 누구도 한자리에서 먹기 힘든 소주 여덟 병 마신 이야기도 한다. 딸은 누구를 닮았을까? 아직도 딸에 대해 모르는 게 무진장하다. 오로지 아는 한 가지는 양주를 선물한 내 딸이라는 것뿐이다.

어릴 적에 "아버지 제가 크면 좋아하는 술 많이 사 드릴게요. 건강하게 오래오래 사세요" 하고 철없이 한 그 말을 지금은 하고 싶어도 할 수가 없다. 무엇이 그리 급하셨던지 남들보다 먼저 땅보탬이 되셨다. 그 말을 듣고 낯꽃을 피우시던 그 모습이 불현듯 보고 싶다.

# 인문학의 세상을 꿈꾸며

지난 한 달은 무척 행복했다. 운 좋게도 내가 멀리서 존경해 오던 두 분의 강의를 직접 들을 수 있었기 때문이다. 한 분은 교수이고 한 분은 시인으로 인품이 도저했다. 강의는 험한 세상을 헤매며 살아가는 삶에 방향타가 되어 주었다. 나이가 지긋한 두 분의 강의를 들으면서 지금까지 당신들이 배우고 익혀온 내용에 '존경'이라는 말이 새삼 떠오르기도 했다.

교수의 강의는 '고대 그리스 신화에서 나타나는 영웅'에 대한 이야기로 인간의 참모습은 어떻게 드러나는가에 관한 것이었다. 영웅은 고통을 이겨내고 대단한 일을 해낸 잘난 인간이다. 고대 그리스인들은 영웅을 신화시대에 존재했던 특별한 인간으로 신에 가까운 존재라고 여겼다. 역사시대가 열리기 전 까마득히 먼 옛날부터 인간은 태어나서 지금까지 인간

본연의 모습으로 살아가길 거부해 오고 있으며 스스로 더 잘 난 존재로 꾸미는 기획에 열중해 왔는데 그 대표적인 사례가 신화시대의 주역인 영웅이다.

신화시대의 영웅을 잘 보여 주는 작품은 서양문학사에서 가장 오래된 작품으로 꼽히는 호메로스의 영웅서사시이다. 영웅서사시를 통해 인간이 얼마나 잘난 존재가 될 수 있는지 를 후대에 두고두고 확인시켜 주고자 하였고 그 이면엔 영웅 들의 모습을 통해 비참하고 보잘것없는 존재인 인간의 한계 를 알게 해 주었다. 영웅이 정말 잘난 존재일까? 영웅이 되는 길이 진정 인간이 가야 할 길일까? 이러한 물음은 동부동 나 를 성찰로 이끄는 데 충분한 질문이 되었다.

마지막으로 로마의 영웅에 관해서도 소개를 해 주었다. 로 마 시대에는 군사적, 정치적 영웅의 등장으로 문명의 역리(逆 理)가 생겨나 제국과 폭력으로 나타나기도 했다. 제국과 폭력 의 등장은 정치인들이 영웅이 되고자 활개치는 각다귀판의 사회현실이 많이 생각나는 대목이었다. 이 강의에는 인문학 에 배고픈 대학생과 시민이 무려 500여 명이나 참석해 성황 을 이루었다.

시인의 강의는 '감화와 교화'에 대해 차분히 풀었다. 올해 가 세계 1차 대전이 일어난 지 100년이 되는 해다. 전쟁으로 인한 비극과 인간의 정신적 황폐를 상징적으로 표현한 T. S. 엘리엇의 시 '4월은 가장 잔인한 달'로 시작하는 「황무지」를 빌어 현대인의 삶을 반추했다. 인간정신의 황폐는 인문학을 소외한 데 대한 결과이며 인문학을 살리는 길은 인문학을 다시 대중 속으로 끌어들여 인간이 인간을 그리워하도록 해야 한다.

인문학 위기의 원인은 대학 입시에 필요치 않은 교과로써 가르치지 않는 현실과 대학평가에서 학생충원율과 취업률을 크게 반영하여 상대적으로 낮은 충원율과 취업률을 보이는 인문학과의 외면과 폐과에 있었다. 인문학의 궁극적 목표인 인간 탐구의 소홀은 정신작용의 부실로 이어지고 사람답게 사는 것을 망각하게 하여 인류의 위기를 초래한다.

문학과 역사 그리고 철학은 개량(改量)될 수 없는 무한한 가치로 보아야 하며 수치로 개량되는 단순한 가치 기준으로 비교되어서는 안 된다. 결국은 문학이 인간의 감동을 불러내고 감화를 이끌어 낸다. 삶의 목적은 행복에 있으며 행복에 도달하는 여러 가지 수단에서 수단이 목적을 가리거나 왜곡하는 일은 사사(邪邪)스럽다.

개인의 가치와 사회의 가치가 충돌할 때 문학과 예술을 통해 감화된 사람이나 교육을 통해 교화된 사람이 물질과 돈의 사회적 가치에 맞서 자신만의 가치를 지켜 낼 수 있다. 문학과 예술을 통해 무엇이 진정한 삶인지를 고민하는 삶이 자신을 성장시키고 인류의 미래를 밝힌다.

나는 이러한 강의를 통해 사람이 되어 가는 중이다. 글을 쓰는 지금도 '나는 누구이며 어떻게 살아가야 하는가?'라는 물음을 끊임없이 던지고 있다. 이 두 강의의 공통점은 내가 들어서 행복했다는 것이고 인문학의 중요성을 알게 해 주었다는 사실이다. 의미 있는 가치를 지키기 위해 사람을 깨우는 훌륭한 분들과 인문학에 배고픈 사람들이 많은 세상을 꿈꾸어 본다.

# 나뭇잎 칼

　번뇌를 버리기 위해 밀양 삼랑진 만어산 만어사(萬魚寺)로 간다. 초여름 더위와 서투른 발씨에 비트적거린다. 목이 마르고 입에선 단내가 나는 고행길이다. 더는 걷기가 힘들어 느티나무 아래 벤치에 털썩 주저앉는다. 아예 다리가 아파 드러눕는다. 온몸이 나라지고 스르르 눈이 감기며 졸음이 쏟아진다. 간질이는 햇살에 실눈을 뜨면 파란 하늘이 모가 닳아빠진 세모 네모꼴로 조각나 있다.

　나뭇잎 칼이 하늘을 조각내고 있다. 나뭇잎 칼의 그림자가 우수수 떨어져 내 몸을 덮는다. 그림자를 덮고 벤치에 누워보라. 드러눕기까지의 맹문은 육체의 피로 때문이다. 함부로 드러눕기는 남이 보기에 꼴불견일 수 있어 조심할 일이다. 조용히 혼자일 때에 신성한 의식과 다름없이 지친 몸을 벤치에 누이면 마음이 겸허해지고 맑은 정신과 새로운 생명이 일어난다.

나뭇잎 칼을 향해 도마에 드러눕듯 벤치에 드러눕는다고 하여 한 마리의 고등어나 털을 뽑힌 닭, 소나 돼지의 고기처럼 잘려 나가지는 않는다. 심신의 피로가 나뭇잎 칼에 잘려 나간다. 잘려 나간 피로의 조각은 주위의 들꽃과 나무를 키우는 거름이 된다. 무한한 공간에 아름다운 꽃이 피고 지천으로 푸름을 더해 가는 신록을 보면 알 수 있음이다. 관계없는 척하면서 변해 가는 모습을 보여 주며 모든 일이 덧없이 흘러가는 섭리가 진정한 무상(無常)이 아닐까 한다.

나뭇잎 칼 속에 들었다가 길 떠나는 한 마리의 나비는 갓난아기의 자태로 잠을 자 자유롭고 가볍다. 내가 벤치에서 일어나 떠나는 그 시각은 나비같이 가볍게 새로 태어나는 시점이다. 나뭇잎 칼은 처음부터 권력과 명예와는 무관한 치유와 생명의 칼이다. 탁란하고 떠나가는 뻐꾸기가 미워도 새 생명을 보듬는다. 새로 태어나는 목숨은 신성하다. 나도 한시름 덜어가며 서서히 새로 태어나고 있다.

혹자는 펜이 칼보다 강하다고 말한다. 이에 반기를 들어 보는 날이다. 요즈음의 펜은 늘 논란의 중심에 있다. 권력에 아부하고 돈을 좇으며 심지어 살인에 일조하기도 한다. 펜이 펜일 때 칼보다 강할 수 있다. 그러나 펜은 환상을 주기 때문이다. 반면에 나뭇잎 칼은 우듬지로 지은 소박한 집에 성긴 지붕이 되어 태양이 뜨면 태양을 따르고 비가 오면 비를 맞고 바람이 불면 부는 대로 흔들린다. 늘 보이는 대로 정직한 아름다움을 갖고 있다.

바람이 불어 가는 방향으로 함초롬히 칼끝이 선다. 나뭇가지 칼자루에 박힌 칼날은 겨끔내기로 내 몸에 들러붙는 더위를 잘라 내고 있다. 은빛 물결처럼 더위가 잘려 나간다. 오래 묵은 두통이 치유되고 잡념이 사라진다. 나는 치유라는 나뭇잎 칼이 주는 의미를 시나브로 밝히고 있다. 칼 자체는 흔들리며 실재하나 나는 이 칼의 흔들림이 주는 의미가 치유라고 주장한다. 나뭇잎 칼이 나이고 내가 나뭇잎 칼이 되고픈 오롯한 가슴 때문이리라.

거연히 하늘을 보면 삼라만상도 나뭇잎 칼에 잘리고 있다. 흰 구름은 깃털 같은 껍질을 남기며 잘리고 이글거리는 태양은 모자이크 모양으로 잘린다. 곤줄박이도 줄곧 날다가 나뭇잎 칼에 날개를 잘려도 바람칼로 날아간다. 이국으로 가는 비행기는 그리움의 소리마저 잘려 귓가로 떨어진다. 잘려 나감은 가뜬해진다는 뜻이다. 불필요한 것을 버리지 못할 바에야 잘려 나가는 실체가 응연하다.

배낭에서 물병을 꺼내어 목을 축이고 나뭇잎 칼 아래 놓는다. 투명한 한 줄기 빛의 껍질이 어른거린다. 나뭇잎 칼은 사물을 베고 찌르지만, 피를 내는 법이 없다. 비스름한 모양의 음영을 빚을 뿐이다. 어쩌다 부등깃을 가진 열쭝이를 숨겨 주는 모습은 숭고하다. 일생 밤낮으로 쉼 없이 빛을 잘라 그림자를 만든다. 낮의 햇빛을 잘라 만든 그림자는 물 찬 제비같이 산드러지고 밤의 달빛과 별빛을 잘라 만든 그림자는 어둠과 닮아 있어 부드러워 정겹다.

이 느티나무도 우주를 지배하는 하늘의 명을 알아 나뭇잎 칼을 소졸(疏拙)하게 매달았다. 이 광경을 보니 나와 더불어 지천명을 지나 이순으로 가고 있는 듯하다. 주위가 한가로워 광음여류(光陰如流)를 실감치 못하는 선경에 머무니 친구인 양 친근하다. 말과 동작이 느럭느럭한 타고난 성품 탓으로 바삐 산을 오르는 사람들을 보면 쉬어 가라고 하고 싶다. 수많은 사람이 산꼭대기에 오르는 등정(登頂)을 목표로 하는 성급함이 그늘에서 쉬어 가는 여유를 잃게 하는 까닭이 아닌가 한다.

어젯밤에는 다 큰 딸아이가 늦게 귀가를 하여 성급한 기질에 호통부터 치고 보았다. 다른 사람들로부터 나의 성격에 대해 차분하다는 말은 종종 듣고 있으나 가족의 일 앞에서는 성급해지는 이유를 잘 모르겠다. 오로지 늦었다는 결과가 눈에 보이며 늦은 과정은 눈에 보이지 않아서 강다짐이 일었나 보다. 노래를 부르다가 쉼표가 나오면 몇 박자 쉬어 가듯이 왜 늦었는가에 대한 내력을 묻고 꾸중을 해도 해야겠다. 자기 방으로 들어가던 딸아이의 힘없는 뒷모습이 눈에 밟힌다.

봄이 오면 나뭇잎 칼은 싹을 틔워 자라고 여름이 오면 춤추고 가을이 오면 수채화가 된다. 그리고 겨울이 오면 지상으로 내려와 맡은 바 직분을 다한다. 늘 그 자리에 있는 칼이다. 녹음이 짙어 가는 계절에 삭신이 느른하여 느티나무 아래에 놓인 벤치에 눕지 않았다면 나뭇잎 칼을 보지 못하였으리라. 새로운 사물의 현상을 보기란 더없이 어려운 일이다. 꽃에 관심을 둔 나에겐 나뭇잎 칼의 발견은 정말로 큰 행운이다.

내가 나뭇잎 칼을 그리워하는 횟수는 아마도 내 나이에 비례할 것 같다. 나이가 들수록 버리기와 변화하는 일이 어렵다. 나무의 뿌리와 둥치는 사계절을 지나면서 나뭇잎 칼에 생성하고 소멸하는 변화를 준다. 그 변화의 과정 속에는 여러 사람의 인생 노정을 지켜보고 한순간 역사의 증인이 되기도 하며 갈 길을 찾아 주는 이정표가 되기도 한다. 일편 나에게도 일상의 기우(杞憂)를 내려놓게 하고 고루한 고정관념에서 벗어나는 변화를 주기도 한다.

그 한 생각으로 '바늘로 그늘 깁기'라는 성어를 짓고 속뜻은 무엇으로 할까 곰곰이 머리를 쓰다가 '칼로 물 베기'를 헤아리고 피식 웃는다. 기워도 떨어지고 베어도 다시 붙는 진실을 알면서 사람들은 실행하는데 이게 삶이 아닌가 한다.

햇발과 더위가 나뭇잎 칼을 넘어 나뭇결을 키우기 위해 옥신각신한다. 하지만 함부로 넘을 수는 없다. 불어오는 바람이 새색시 치마 들치듯 살짝 들어 올리면 햇발과 더위는 나이테로 스며들어 나무로 자란다. 나뭇잎 칼 너머에 있는 태양을 바라본다. 눈이 부신 태양이 나그네의 옷을 벗기는 따사로운 햇볕을 비추고 있다. 그러나 나뭇잎 칼은 나그네의 옷과 달라서 성긴 채로 푸르러 간다.

저 멀리 산등성이 밑으로 너덜겅이 보인다. 옛날 동해 용왕의 아들이 자신의 수명이 다했음을 깨닫고 낙동강 건너에 있는 김해 무척산 신승(神僧)을 찾아가 새로 살 곳을 마련해 달라고 부탁했다. 신승은 용왕의 아들에게 떠나가다가 멈추는 곳이 바로 그곳이라고 말해 주었다. 용왕의 아들이 길을 나서자 동해의 수많은 고기떼가 그의 뒤를 따랐고 그가 멈춘 곳이 만어사이다. 만어사에 이르자 용왕의 아들은 큰 미륵돌로 변했고 그를 따르던 수많은 고기 또한 크고 작은 돌로 변했다는 전설이 서린 너덜겅이다.

내가 누운 이곳, 나뭇잎 칼이 베어낸 하늘의 껍질인 그림자 또한 물고기 떼 같다. 이 껍질들이 갑자기 돌로 변한다면 나는 돌의 무덤 속에 들게 된다. 그러면 나도 미륵돌이 될 수 있을까! 그렇게 될 수 있다면 여한이 없겠다. 미래의 부처인 미륵이 되고 싶은 마음은 삶에서 오는 실존적 각박함을 떨쳐 내기 위함과 다르지 않다. 내 마음이 지금 그러한가 보다. 언감생심 내어 본 욕심이 크다는 것을 알았을 땐 이미 필부(匹夫)가 되어 있었다.

나뭇잎 칼은 내 마음의 상처를 푼푼하게 치유해 주었다. 잔풍에 흔들리며 아픈 다리도 주무르고 이마에 맺힌 땀도 말려 주었다. 나뭇잎 칼이 한 장의 책갈피가 되고 강물에 떠내려가는 개미를 구하는 배가 되는 것만 생각한다면 좁은 소견이다. 우리에게 지긴지요(至緊至要)한 안식을 주기도 한다. 흔적도 남기지 않고 나뭇잎 칼의 그림자를 슬며시 빠져나온다. 해동갑에 번뇌를 버리기 위해 큰 걸음으로 삼랑진 만어산 만어사로 간다.

# 두 개의 뫼

　나의 선조 양사언 할아버지는 "태산이 높다 하되 하늘 아래 뫼로서 오르고 또 오르면 못 오를 리 없건만, 사람이 제 아니 오르고 뫼만 높다 하더라"고 했다. 하지만 우리 고장 김해에는 사람이 아무리 오르려고 해도 오르지 못할 뫼가 두 개 있다.

　사춘기 시절 나는 뒷동산을 자주 올랐다. 시골집 뒤란을 지나 산마루에 오르면 금줄을 두른 커다란 당산 소나무가 두 그루 있었다. 소나무 밑에 앉으면 저 멀리 하얀 백사장의 낙동강이 유유히 흐르고 있었다. 강변에는 황금물결의 농작물이 자라고 하늘은 파랬다. 나는 커서 무엇이 될까를 고민하고 상상의 나래를 펴 글도 썼다. 처녀인 국어 선생님이 종종 글짓기 숙제를 내 주셨기 때문이다.

한번은 이런 글을 쓴 기억이 난다. "선생님은 나를 모른다"로 시작해서 선생님의 머리 모양, 웃는 모습, 가슴 크기, 걸음걸이 등 내숭 떠는 겉모습을 글로 묘사만 하여 제출했다. 나를 모르겠지 하는 생각으로 부담 없이 쓴 것 같다. 다음 날 선생님은 나를 교무실로 부르셨다. 어제의 글짓기 숙제로 말미암아 혼이 날 것을 짐작했다. 아니나 다를까 선생님은 그 일로 나에게 벌을 내리셨다. 그런데 이유는 다른 곳에 있었다.

선생님은 "나는 너를 알고 있는데 너는 왜 모른다고 하느냐!"면서 혼을 내셨다. 그러면서 나에게 벌을 주었는데 그 벌이 매주 한 편의 글을 지어서 검사를 맡는 것이었다. 한동안 교무실 선생님 책상 옆에 뻘쭘히 서서 글짓기 검사를 받던 모습이 그려진다. 생각해 보면 거기에는 나에게 글을 쓰게 하기 위한 선생님의 깊은 배려가 들어 있었다. 그리고 우리 한글은 보이는 것의 묘사만으로도 좋은 글이 될 수 있다는 것을 그때 알았다.

추석 연휴도 지나고 얼마 있지 않으면 한글날이다. 한글날이 오면 세종대왕과 일제강점기 한글을 지켜내기 위해 희생하신 분들이 생각난다. 그중에서도 김해가 낳은 큰 산인 한뫼 이윤재(1888~1943) 선생과 눈 덮인 하얀 산 눈뫼 허웅(1918~2004) 선생이 떠오른다.

김해뉴스 김해 인물열전에 의하면 한뫼 이윤재 선생은 김해시 대성동에서 태어났다. 평생을 조국에 바친 한글학자이자 독립운동가로 살았다. 민족의 얼을 지키는 교육자이며 민족사학자로 일제에 의해 참혹한 고문을 받고 옥중에서 세상을 떠났다. 한뫼 선생의 묘는 대구시 달성군 마천산 자락에 있었는데 지난해 9월 한글학회에서 대전 국립현충원으로 옮겨 가고 비석만 쓸쓸하게 남아 있는 것을 나는 지난 광복절에 직접 확인했다.

눈뫼 허웅 선생은 김해시 동상동에서 태어났다. 평생을 한글사랑과 나라사랑에 바쳤다. 일제의 핍박이 날로 심해지던 시절에도 선생은 오직 한글을 생각하는 삶을 선택했다. "나라말은 정신이며 겨레문화의 원동력이다"라고 말씀하시면서 오롯이 우리말과 우리글을 위해 살다 가신 분이다. 수년 전 김해시에서는 허웅 선생 기념관을 짓기 위해 동광초등학교 근처에 땅을 마련한 것으로 알고 있다. 지나다니다 내가 알고 있는 그 땅을 쳐다보면 차량이 어지럽게 주차되어 있다.

대구 마천산 자락에 쓸쓸히 남겨진 한뫼 선생의 비석을 헤아리고 차량이 주차된 눈뫼 선생의 기념관 터를 바라보면 씁쓸한 기분이 든다. 관련 기관에서는 빨리 한뫼 선생의 비석을 김해로 가져오고 눈뫼 선생의 기념사업도 추진하였으면 좋

겠다. 서슬 퍼런 일제의 억압도 아랑곳하지 않고 대한의 독립과 한글사랑을 위해 목숨을 바친 위인을 김해에서만 이렇게 홀대해서야 되겠는가. 그나마 다행인 것은 매년 김해문화원에서 한글날을 전후하여 '한뫼 백일장'을 열어 이윤재 선생을 기리는 일이고, 올해는 김해뉴스에서 '눈뫼 허웅 선생 추모 한글사랑 생활수기 공모전'을 연다고 한다. 이는 고무적인 일로 계속 이어지는 행사가 되길 청한다.

김해에 있는 오르지 못하는 산, 바라보면서 한글사랑과 민족의 얼을 배우는 산, 김해의 정체성을 가르치는 산, 한뫼와 눈뫼라는 두 개의 산이 있어 어떻게 보면 우리고장 김해는 축복받은 도시이다. 김해의 시민들은 두 분의 뜻을 기렸으면 하는 간절한 바람을 가져 본다.

# 보수에 대한 생의 단편

　슬하에 대학생 딸과 아들을 두고 있다. 둘은 9월 새 학기 들어 부쩍 귀가가 늦었다. 나는 밤 11시를 넘기지 말고 들어오라고 했다. 11시가 넘어가면 조심해서 빨리 들어오라는 문자메시지를 보낸다. 들어오기 전에는 아내와 내가 번갈아서 잠을 자지 않고 기다린다. 그러다 보니 자식들은 밥상머리에서 종종 "아빠는 너무 보수적이야" 하고 말을 하곤 한다. 그러면 나는 "그래, 맞아. 보수적이야"라고 대답하며 절대 늦지 말라고 타이른다.

　보수란 무엇일까? 보수에 대해 생각해 보지 않을 수가 없다. 여기에서 자식들은 자유를 구속하는 데 대한 반감으로 보수라는 말을 사용했다고 본다. 친구들과 어울려 밤늦게까지 놀고 싶은데 그러지 못하게 하는 데서 오는 불만이기도 하다.

나의 입장에서 보수는 최소한의 규제로 자식들의 안전한 귀가를 위한 장치이다. 대학생이면 성인인데 뭘 그렇게까지 해야 하느냐 하고 반문할 수도 있다. 하지만 내 생각은 변함이 없다.

주변머리 없는 생각으로 하루하루 살아가는 일이 힘들 때도 많다. 자식들은 자유롭게 밤새워 놀 수도 있고 밤새워 도서관에서 공부하여 좋은 성적을 받을 수도 있다. 그러나 나는 이보다는 자식들의 안전과 남을 배려하는 인성을 위해 최악의 결과를 피하는 규제를 택하고 있다.

예나 지금이나 늘 회자하는 일이 있다. 젊은 부모가 어린아이를 기를 때 아이의 기를 살려준다고 공공장소에서 떠들고 마음대로 뛰어다녀도 제지를 하지 않는 일이다. 기를 살려주는 것은 좋지만 남을 배려하는 인성함양과 안전에 소홀해져 아이를 그르치는 최악의 결과를 초래할 수 있음을 명심해야 한다.

최근 일어난 크고 작은 사고는 눈앞에 보이는 경제적 이익을 추구하여 규제를 푼 데 있다고 본다. 규제를 풀면 가시적인 이익이 있음은 사실이다. 그러나 이러한 일은 얼마 가지 않아 문제가 생기고 돌이킬 수 없는 사고로 이어져 최악의 결과를 초래한다. 결과에 대한 다음 순서는 수습인데 이 수습에

드는 비용이 가시적 이익보다 클뿐더러 애먼 국민들이 낸 세금으로 충당된다는 사실이다. 국민보다 기업의 이익에 맞춰 정치가 놀아났기 때문이다.

지난번 바다 여객선 사고와 육지 철도에서의 사고가 그랬다. 사람들은 예측하기를 좋아하는데 심심찮게 다음번엔 공중에서 사고가 일어나는 것은 아닌가? 또는 규제를 풀어 오래된 원전을 돌리고 있는 원자력 발전소 사고가 나는 건 아닌가 하고 예측하며 불안해하고 있다. 원자력의 피해는 인류가 멸망할 때까지 지속한다고 하니 무시무시하다. 부디 예측에만 그치길 안전에 규제를 더하고 원자력 발전소는 가동중단을 해 주었으면 한다.

김해시도 여러 가지 규제를 풀고 있는 듯하다. 생림면 봉림 산업단지 조성이 그렇고 장유 대청계곡의 그린벨트 해제 추진과 대동면에 골프장을 조성한다는 내용이 그러하다. 김해 시가 갖고 있는 최소한의 규제마저 풀게 된다면 눈앞에 보이는 현재의 이익은 있을지 몰라도 결국에 가서는 최악의 사태로 돌아올 것이다. 규제를 풀고 조이느냐에 따라 보수의 정도를 가늠한다는 것이 어불성설일지 모르나 더디게 가더라도 최악을 피하는 규제는 고려되어야 한다.

요즈음 우리 아이들도 특별한 경우가 아니면 11시를 넘기지 않고 귀가를 한다. 처음엔 힘이 들더라도 한두 번 지키려고 노력하고 적응하면 어렵지 않다. 자유에 대해 법을 지키고 권리에 대해 의무를 다하는 것은 민주주의의 기본원칙이다. 처음이 힘들지 계속해서 법을 지키다 보면 불편한 줄 모르고 오히려 더 편리하다. 이것이 인류를 위하는 이타적인 삶이 아닐까 싶다.

나에게 있어 보수는 구태의연하지만 최악을 피하는 규제이다. 보수로 인해 큰 발전 없는 그렇고 그런 삶이 나쁜 것일까? 다행히 행복의 기준이 사람에 따라 달라 나는 행복의 기준을 낮게 잡고 있다. 최고나 최선을 위한 삶보다는 느리더라도 최악을 피하는 삶을 생각하자. 나는 오늘 저녁에도 늦게 귀가하는 자식들에게 안전하게 일찍 귀가하라고 문자메시지를 보내고 잠을 설칠 수도 있다. 보수적인 사람이길 자처하며……

# 질문과 대답


  지난달 김해뉴스에서 시행하는 NIE(Newspaper In Education)시범학교 교육사업 '우리 지역 언론인과의 만남'에 강사로 김해고등학교에 다녀왔다. NIE시범학교 교육사업은 경상남도에서 지원하는 지역신문발전 지원사업 중 하나다. 김해지역 NIE시범학교인 중·고교를 대상으로 지역신문 이해도 제고와 언론전문가와 학생 간의 교류, 교육기회를 제공하여 글쓰기와 신문 읽는 법, 시사 이해도 향상에 목적이 있다. 교육의 주요 내용은 신문을 활용하여 교육의 다양화를 기하고 창의적인 학습을 유도하며 특히, 지역소식을 담아내는 지역신문을 이용하여 애향심은 물론 지역의 구성원으로 성장하는 데 도움을 주는 것이다.

  강의 요청을 받고 고민을 많이 했다. 잘할 수 있을까 하는 걱정으로 한 이틀 밤을 새우기도 했다. 다행히 예전부터 신문에 대한 관심으로 "오래된 신문을 보면서"라는 제목의 수필을 써 놓은 게 있어 그것을 교재로 활용하기로 했다. 그 글은 신문을 본다는 것은 어떤 의미일까? 로 시작하여 신문에 주로 등장하는 인물과 사건, 신문의 역할, 신문의 글, 내가 신문을 보는 이유로 "살아가는 것은 신문을 보는 일일 수도 있다"로 마무리되었다. 교재 사이사이에 글쓰기와 관련하여 글을 쓴다는 것과 글의 소재 선택, 글쓰기 중요성, 자기 성찰과 전인적인 삶 등을 신문 보기와 대비해 가며 나름대로 준비를 많이 했다.

강의실에는 동아리 활동을 하는 대략 40여 명의 1, 2학년 학생이 호기심에 찬 눈으로 앉아 있었다. 점심 후의 시간대라 졸음이 많이 올 만도 한데 학생들은 재미도 없을 것 같은 강의에 필기도 해 가며 호응을 많이 해 주었다. 나는 강의가 어떻게 끝이 났는지도 모르게 주어진 시간을 채웠다.

강의를 마치자 너덧 명의 학생이 강의에 대해 질문을 해 왔다. 질문의 내용을 생각나는 대로 적어 보면 내가 글을 쓰게 된 동기를 물어 왔고, 김해뉴스의 장점이 무엇인지, 인터넷 신문과 종이신문을 비교하여 종이신문을 보면 좋은 점은 무엇인지, 여러 가지 신문을 보면 한 가지 사건에 대하여 신문사마다 다르게 적고 있는데 이를 어떻게 받아들여야 하는지에 대해 궁금해했다. 그리고 기자의 자질 등도 물어 온 것으로 기억된다.

고등학교 저학년으로서 하기 힘들다고 생각되는 좋은 질문들을 받고 내 머리에 떠오르는 것은 대답 대신 고등학교 시절의 나였다. 나도 이 나이에 이런 질문을 할 수 있었을까? 나의 대답은 억지로 긍정적으로 몰고 가는 것이었다. 초롱초롱한 눈망울로 호기심에 찬 학생들을 보면서 "김해의 미래는 밝다"는 기분 좋은 생각이 들었다.

질문에 대한 나의 대답은 대략 이랬다. 글을 쓰게 된 동기는 고등학교 때 미혼인 국어 선생님의 모습을 글로 묘사한 데서 시작되었고, 김해뉴스의 장점은 김해지역 소식을 전하는 특성화와 만드는 사람의 열정에 있고, 종이신문을 보면 감성이 풍부해져 인성이 좋아지는 데 있고, 신문사마다 다른 견해에 대해서는 다양한 교육과 책 읽기를 통해 판단력을 길러 본인의 주관과 판단에 맡기며, 기자의 자질은 시경(詩經)의 편집에 대해 말하고, 치우침이 없는 사무사(思無邪)의 마음이 중요할 것으로 본다는 대답을 한 것 같다.

우문현답(愚問賢答)은 우리가 알고 있듯이 어리석은 질문에 대한 현명한 대답인데, 거꾸로 현문우답(賢問愚答)으로 현명한 질문에 우매한 대답을 한 것 같아 얼굴이 화끈거렸다. 지혜로운 학생들이라 잘 알아들었으리라 믿는다. 교실을 나서며 제대로 강의를 했을까 하는 의문도 들었지만 이러한 질문마저 받지 못했다면 나는 많이 허전했을 것이다. 이 허전함을 학생들이 질문으로 채워 주어 발걸음이 가벼웠다.

소통의 사회를 위한 애타적(愛他的)인 삶을 생각한다면 그 누구에게 질문하고 대답을 얻는 삶도 좋지 않을까? 하다못해 한 해를 보내며 떨어져 있는 가족과 친지께 안부라도 물어보자. 질문은 기본적으로 받는 사람을 기쁘게 한다. 그리고 좋은 질문은 받는 사람을 깨우쳐 주는 역할을 한다. 깨달음을 준 학생들이 새삼 고맙게 느껴진다.

# 구지문학관을 허하라


조그만 행사에 참석했다. 거기에서 지방선거 김해시장 예비후보자들로부터 공손한 절과 함께 명함을 무려 12장이나 받았다. 고만한 깜냥의 내가 절과 명함을 이렇게 많이 받아 보기는 처음이라 흐뭇하기까지 했다. 고마운 마음에 열심히 뛰는 그분들의 건강을 빌었다. 명함은 빨강, 파랑, 하양으로 색깔도 다양하고 디자인도 하나같이 예뻤다. 여느 명함보다 정성 들여 만든 것 같다. 자신의 신상과 이력을 알리는 일이니 그럴 만도 했다.

명함은 한결같이 과거의 공적들로 빼곡하다. 현재 하는 일도 적혀 있지만, 미래에 대한 기록은 찾아보기 힘들다. 명함은 약속이다. 약속을 이행하지 못할까 봐 섣불리 미래에 대한 기록을 하지 않는 것일까? 12장의 명함을 화투패 보듯 1월부터

12월까지 쭉 늘어놓고 나는 누구를 지지해야 하나 하고 고민을 한다.

고민하다가 망설임 없이 이념과 정당 등 모든 것을 떠나 내가 필요한 것을 해결해 줄 수 있는 사람을 지지하기로 정한다. 문학을 하는 나는 구지문학관이 절실히 필요하다. 누가 우리 고장 김해에 문학관을 지어 줄까?

도내 통영이나 하동에도 문학관이 몇 개씩 있으며 한국문학관협회에 등록된 문학관의 개수가 무려 58개에 달함에도 불구하고 인구 53만의 전국 14번째 도시인 김해에는 없다. 가락국 시조인 김수로왕의 강림 신화에서 '구지가'는 그 자체로 문학의 생성을 알렸고 주무대인 '구지봉'으로 해서 문학의 시원지라고 할 수 있는 김해에 문학관이 없다는 것은 풀어야 할 숙제다.

문학관은 문학교육의 장이고 문학체험의 장이고 지역 문학의 정체성으로 크나큰 문화다. 이러한 문화는 시민과 자라나는 청소년들의 정서에 도움이 되어 범죄를 줄이고 풍요로운 생활을 즐길 수 있는 기틀을 제공한다. 예전에는 문학관의 역할이 크지 않았다. 사회가 삭막해질수록 문학관의 가치는 살아난다. 김해에 화학 공장을 몇 개 더 짓는 것과 문학관을 짓는 것 중에서 어느 것이 우선인지는 보는 관점에 따라 다를 수 있지만 나에게는 문학관이 먼저다.

김해문인협회에서는 매년 봄가을로 문학기행을 간다. 문학기행의 장소는 늘 그래 왔듯이 문학관이 있는 고장이다. 가장 최근에 다녀온 곳은 충남 부여에 있는 신동엽문학관이다. 「껍데기는 가라」라는 시로 잘 알려진 시인을 추억하고 시인의 글과 정신을 배우고 온다. 그 지역의 강 '금강'을 노래한 시를 읽고 부여라는 아름다운 고장도 알고 온다. 나아가 거기에서 밥도 먹고 기념품을 사서 돌아온다.

김해문인들의 이런 행위로 해서 충남 부여라는 곳은 다른 지역보다 문화적으로 비교우위의 도시가 된다. 마찬가지로 전국의 문인들이 구지문학관을 찾고 구지봉을 찾고 구지가와 옛 가야의 고도 김해를 알고 가는 문화적으로 비교우위에서는 김해는 될 수 없는 것일까?

시장이 되고자 하는 사람들은 자기 명함을 정성 들여 만들듯이 시민을 위하는 정성으로 공약(公約)을 피력해야 한다. 자금에는 시장선거에 대한 큰 관심으로 해서 시민들의 눈높이가 어느 때보다 높아져 있다. 명함과 함께 절을 받고 지난 치적을 아는 게 중요하지 않다는 사실도 안다. 누구누구 할 것 없이 선거가 끝나면 절대 절을 하지 않는다는 사실도 속아서 알고 있다.

1818년 다산 정약용 선생이 쓴 『목민심서』 서문에는 "오늘날 백성을 다스리는 자들은 오로지 거두어들이는 데에만 급급하고 백성을 부양할 바는 모른다"고 적고 있다. 예나 지금이나 별반 차이가 없어 보인다. 명심할 일이다. 유권자는 진정 김해시민을 사랑하여 부양할 방법을 아는 자를 원한다. 부양할 방법으로 명함에 "김해에 구지문학관을 짓겠다"는 실천하는 초인에게 나는 한 표를 행사하겠다.

# 시장과 인생

친한 사람들과의 식사자리에서 영화 〈국제시장〉에 대한 감상이 오갔다. 영화를 대부분 보았는지 모두 한마디씩 느낌을 말했다. 그중에서 한 후배가 〈국제시장〉은 제목이 '아버지의 인생' 정도로 바뀌어야 한다고 했다. 그 말에 대해 다른 의견이 없었다. 영화를 제작한 감독이 말했듯이 국제시장은 하나의 배경이었다. 주인공 덕수의 파란만장한 인생 스토리를 시장이라는 공간을 빌려 과거의 회상으로 펼쳐 보였기에 맞는 말 같았다.

삶에 있어서 주인공은 자기 자신이다. 그러고 보면 한국전쟁을 겪으며 격동기를 살아온 한 사람의 내력이고 역사이기에 '인생'이란 단어가 제목에 합당하다고 읽힌다. 사람은 누구나 이러한 인생 스토리를 짓고 또 지으며 살아간다. 단지 배경인 공간이 다르고 드러내 보이는 방법을 몰라 숨겨져 있을 뿐이다. 사연이 없는 인생은 없다. 누구나 이만큼의 사연을 안고 살아간다. 그런데도 이 영화가 우리에게 감동을 준 것은 주인공 덕수가 희생의 삶을 살았기 때문이라고 본다.

가족을 위해, 올바른 사회를 위해, 국가를 위해 살아온 삶이다. 영화의 마지막 부분에 덕수는 이런 말을 한다. 정확한 대사가 잘 기억은 나지 않지만 "내 자식이 독일의 광부와 월남전에 참전하지 않고 내가 대신할 수 있어서 다행이지 않는가?" 가슴 뭉클했다. 가족과 국가를 위해 자기가 희생할 수 있었음이 오히려 잘된 일로 받아들인다. 돌이켜보면 그 시절에는 자식과 국가를 위한 일이라면 다른 나라의 탄광에서 탄을 캐고 심지어 목숨을 건 전쟁터까지 얼마든지 갈 수 있었다.

가난을 대물림하지 않고 잘 살기 위해 몸부림친 우리네 아버지 혹은 형들의 삶이 그랬다. 그러했기에 '아버지의 인생'이라는 제목이 그 영화에 합당하다고 생각하지 않았을까? 인생은 현재를 짊어지고 살아가는 것이다. 지금의 삶을 얼마나 잘 살아가느냐에 따라 후대에 가서는 개인의 인생도 감동을 주는 하나의 스토리가 된다. 배경이야 시간이 흐르는 공간이면 어디든 상관없다.

김해에도 시장을 배경으로 인생을 살아가는 사람이 많다.

모르긴 몰라도 다들 가족을 위해, 타인을 위해, 국가를 위해 희생의 삶을 살아가는 사람들이다. 시장은 삶과 밀접한 관계를 맺는다. 물건을 사고파는 곳이기에 사람들과의 관계 속에 흥정과 소통이 있다. 그리고 정이 흐른다. 이런 풍경이 좋아 나는 종종 시간을 내어 동네에 있는 시장 구경을 간다. 아내와 같이 갈 때는 어묵과 떡볶이를 먹고 올 때도 있다. 이것도 나에겐 사소한 인생의 한 페이지다.

입춘을 넘겼어도 아직 날씨가 차다. 이 찬 겨울에 갓밝이를 벗 삼아 인생을 여는 사람들이 있다. 부원동 옛 새벽시장 사람들이다. 부원동 새벽시장은 몇십 년 전 과거 터미널 주변에 난전이 하나둘 생기면서 자연스레 형성되었다. 터미널이 외동으로 이전되자 사유지인 그 자리에 자릿세를 내고 시장이 들어서 규모가 커진 것으로 알고 있다. 2011년 경전철이 개통되자 김해시에서는 도시 미관상의 이유로 새벽시장 노점상을 단속하기도 했다.

그만큼 활기차게 이어져 오다가 부지 소유주의 요구로 2014년 가을 추석 대목장을 끝으로 새벽시장을 폐쇄하고야 만다. 하지만 시장 사람들은 삶의 터전인 그곳 도로변에서 여전히 장사하고 있고 김해시에서는 행정대집행을 하여 잦은 충돌을 빚고 있다. 다시 설 대목을 앞두고 이를 바라보는 김해시민은 안타까움을 금치 못한다고 한다. 슬기롭게 해결할 방법은 없는 것일까? 물리적인 방법보다는 머리를 맞대어 대화로 대안을 마련하고 서로 조금씩 양보하여 잘 해결되었으면 하는 바람이 간절하다.

영화 〈국제시장〉의 덕수처럼 시장 사람들은 시장을 배경으로 하루하루를 채워 가며 삶을 꾸려 간다. 세상에서 제일 열심히 사는 사람일 수 있지만, 결코 넉넉한 삶을 영위하는 사람은 아닐 것으로 짐작된다. 둘러보면 우리의 아버지, 어머니이고 이웃들이기에 문제 해결에 좀 더 신중했으면 좋겠다. 시장과 인생을 뗄 수 없는 관계에 두었기에 더욱 그래야 하지 않을까?

3부

의
령
과 할
아
버
지

# 의령과 할아버지

　요즘 들어 기억이 시나브로 망각으로 간다. 견주어 '나는 누구인가?' 하는 물음은 또렷해진다. 나의 뿌리인 정체성에 대해 궁금해지는 것이다. 나는 위로는 아버지의 아들이고 할아버지의 손자이며 아래로 아들의 아버지이다. 이 밖에 무엇인지 의문이 든다. 미상불 세상의 관습에서 벗어나 나만의 삶을 추구해야 한다면 나에 대해 알아야 하지 않을까.

　아버지가 계시고 할아버지와 할아버지의 할아버지가 계셨기에 내가 이 땅에 태어났음은 주지의 사실이다. 생명을 주신 아버지를 일찍 여의지만 내가 어느 정도 철든 청년 시절까지 살아 계셨으니 알고 있는 부분이 있다. 하지만, 나의 할아버지부터는 얼굴조차 보지 못했기에 몹시 궁금하다.

　할아버지 양의규와 할머니 벽진 이씨, 증조할아버지 고조

할아버지 등 이름 정도는 족보를 들춰 보면 알 수 있다. 이름을 안다고 하여 나의 정체성을 알 수 있을까. 정체성이란 변하지 아니하는 존재의 본질을 깨닫는 성질이다. 그러므로 이름을 위시하여 성품이며 무슨 일을 하셨는지 총체적으로 알아야 내가 어떤 사람인지 대략 가늠해 볼 수 있다.

내가 누구인지 조금이라도 더 알기 위해 할아버지의 이름 양의규(楊宜奎)에서 실마리를 풀어 본다. 버들 양(楊), 마땅 의(宜), 별 규(奎), '버드나무 위에 마땅히 떠 있는 별'이라는 뜻이 된다. 그럼 할아버지가 별이면 아버지와 나는 '청천 하늘엔 잔별도 많고, 우리네 살림엔 사연도 많다'는 그 잔별인가 하는 생각에 이른다.

이름자 중에서도 유독 마땅 의(宜)자에 눈길이 간다. 보통의 이름자에는 옳을 의(義) 굳셀 의(毅)를 쓰는 데 비해 마땅 의(宜)자를 썼다. 마땅 의(宜)를 쓰는 곳이 다른 어딘가에 있는지 살펴보니 의령(宜寧)군의 의자가 있다. 의령군은 할아버지가 태어난 우포늪이 있는 창녕(昌寧)군과 낙동강을 경계로 이웃해 있다. 의령을 할아버지 이름처럼 풀어 보면 '마땅히 편안한 지역'이 된다. 의령은 망우당 곽재우 장군과 백산 안희제 선생이 태어나 그분들이 임진왜란과 일제강점기에 나라를 지켜내어 이름값을 톡톡히 하는 고장이라는 생각이다.

왜군의 침략전쟁인 임진왜란(1592)이 일어나 부산과 동래가 함락되고 충주가 함락되자 선조임금은 궁을 버리고 마땅한 고을인 의주(宜州)로 피난을 가는 상황이 발생한다. 이에 망우당 곽재우는 명나라 천자에게 받은 붉은 비단으로 옷을 만들어 입고 집안에서 일하던 노비들을 모아 십여 명으로 가장 먼저 의병을 일으킨다.

망우당은 의령군 지정면의 낙동강과 남강이 합류하는 기강나루에서 낙동강을 따라 쳐들어오던 왜군과 죽음을 불사하는 전투를 치러 첫 승리를 거둔다. 이후 '의병장 곽재우 천강(天降)홍의장군'으로 불리며 왜군과 싸움에서 전승하여 백성들에게 반드시 승리한다는 믿음을 줘 의병의 수가 늘어난다. 이를 계기로 전국 팔도에서 의병들이 봉기하여 임진왜란을 승리로 이끄는 원동력이 된다.

장군의 붉은 옷은 자신과 몸집이 비슷한 부하들에게도 지어 입혀 자신으로 위장해 곳곳에 배치했다. 왜군은 그가 여러 명 나타나자 귀신이라 하여 벌벌 떨었다. 장군은 전쟁 물자가 없는 상황에서 왜군이 도망가면서 버리고 간 검(劍)을 주워 기습공격과 백병전을 하는 의병 전투에 맞게 개조하여 사용했다.

지략과 전술에 뛰어난 장군이 휘두른 검은 우리나라의 갈

길을 가르쳤고 전란에 길 잃은 백성을 이끌었다. 살인검(殺人劍)이던 왜군의 검이 천강홍의장군에 의해 의기(義氣)가 서린 활인검(活人劍)으로 새로 태어난 것이다. 장군은 목숨을 살린 검을 남기고 돌아가셨지만, 넋은 유구한 역사와 더불어 노다지 살아계신다.

백산 안희제 선생은 1885년 의령 입산에서 태어났다. 일제 강점기에 구국 운동은 인재 양성에서 비롯됨을 알아 종중(宗中) 재산으로 입산에 학교를 세우니 이 학교가 영남 사학의 시초가 되었다. 3·1운동이 일어난 해에 우리나라 최초의 주식회사로 불리는 '백산무역주식회사'를 만들고 '기미육영회'를 두어 교육의 중요성을 실천한 독립운동가다.

이후 '백산상회'를 설립하여 비밀로는 독립자금을 대면서 표면으로 무역사업과 인재 양성에 기여한다. 독립자금으로 회사의 자금이 많이 빠져나가자 1927년에 백산상회는 결국 문을 닫게 된다. 백산 안희제 선생은 애국 애족의 불덩이를 가슴에 안고 조국 광복을 위해 온몸을 던져 실질적 독립운동을 광범위하게 펼친 웅숭깊은 분이다.

의(宜)자 돌림인 할아버지 의규와 의령은 어떤 관계가 있을까? 할아버지는 의령군 낙서면 내제리(來濟里) 벽진 이씨 저녀와 혼인을 하셨다. 할머니의 이름은 진외증조께서 마을 이름

을 따서 '내지'라고 지으셨다고 했다. 할머니의 이 이름이 택호(宅號)가 되었고 할아버지는 내지 어른으로 불렸다.

어릴 적 우리 마을 유어면 진창에서 낙동강 상류로 조금만 올라가면 내지나루(來濟津)가 있었다. 내지나루는 유어면 미구리와 낙서면 내제리를 이었다. 아침나절 강 안개가 피어날 때 사공이 거룻배에 짐과 사람을 태워 강을 건너는 풍경은 아름다움 그 자체였다. 나루 상류 쪽 산기슭엔 사각의 바위가 우뚝 솟아 절벽을 이루고 있었다. 강 건너편에 있는 바위를 바라보면 그 아래 소용돌이치는 물결 속에서 이무기가 용이 되어 날아오르는 모습이 상상되었다.

할아버지는 백산 안희제 선생과 친분이 있었다고 한다. 할아버지는 청년 자산가로 백산상회에 독립 자금을 대었다고 했다.

내지나루에서 낙동강 하류를 따라 남지읍 시남마을에 이르기 직전에 이이목나루가 있었고 그 위쪽에 오여정(吾與亭)이라는 정자가 있다. 이 정자는 윗대 할아버지 어촌(漁村) 양훤(楊暄)이 세운 정자다. 어촌은 1636년 병자호란 때 의령 일대에서 의병을 일으킨 분으로 유어면 광산에 광산서원을 세우고 배향(配享)하였다. 종중에 대물림되던 성사를 할아버지가 사용하면서 젊은 사람들을 가르치고 한적한 곳이라 안희제

小作料減免　昌寧郡遊漁

面陳倉里楊宜奎氏는青年資產家
로써恒常窮交貧族을扶助하며一
般小作人에게도厚하다는稱譽를
바다오든바今秋에잇서는一般
小作人이旱災로勤力이만핫다하
야調定額에서다시每斗落에租五
升式을減下하얏다더라　【昌寧】

텍스트 보기

小作料減免(소작료감면)
동아일보 1928.11.25 기사(뉴스)

小作料減免(소작료감면)
昌寧郡遊漁面陳倉里楊宜奎氏(창녕군유어면진창리양의규씨)는青年資產家(청년자산가)로써恒常窮交貧族(항상궁교빈족)을扶助(부조)하며一般小作人(일반소작인)에게도厚(후)하다는稱譽(칭예)를바다오든바今秋(금추)에잇서는一般小作人(일반소작인)이旱災(한재)로勤力(근력)이만핫다하야調定額(조정액)에서다시每斗落(매두락)에租五升式(조오승식)을減下(감하)하얏다더라 【昌寧(창녕)】

소작료 감면(동아일보 1928. 11. 25. 4면)

경남 창녕군 유어면 진창리 양의규씨는 청년 자산가로서 항상 궁교빈족을 부조하며 일반 소작인에게도 후하다는 칭예를 받아오던바 금추에 있어서는 일반 소작인이 한재로 근력이 많았다 하여 조정액에서 다시 매 두락*에 조오승식을 감하하였다더라. [창녕]

　* 두락은 보통 마지기라고도 한다. 논은 200평, 밭은 300평을 한 두락이라고 한다.

선생을 거기서 비밀리에 만나기도 하였다고 한다.

그 당시 캄캄한 그믐이 오면 우리 집엔 자객이 가끔 들어 돈을 훔쳐 갔었다. 이는 안희제 선생과 미리 약속하고 할아버지가 돈을 준비해 두면 독립군이 자객으로 변장하여 돈을 훔친 듯 가져간 것이다. 만에 하나 일본 순사에게 독립자금을 대 준 사실이 발각되는 날에는 할아버지의 목숨이 위태로웠기 때문이다. 이러한 일은 문약한 선비 같은 아버지가 종종 이야기를 해 주어 가족만이 알고 있는 실상이다.

지금의 오여정은 관리하는 사람이 없어 현판을 포함하여 대청 마루판까지 누군가가 다 떼어 가고 상처 입은 채로 쓸쓸하게 자리를 지키고 있다. 회화나무 아래로 지워져 가는 길에 찾는 이 없어 무심히 흐르는 강가에서 인연처럼 의령과 입산을 마주하고 서 있다. 입산은 한자로 설 립(立)에 뫼 산(山)을 쓸 것으로 추정된다. 우리말로 풀어 보면 설뫼다. 집안엔 설뫼 아저씨가 계셨다. 할아버지가 이러한 연고로 설뫼 처녀와 다리를 놓아 백년가약을 맺어 주었기 때문이라고 했다.

의령의 천강홍의장군 곽재우와 백산 안희제 선생은 의령만의 자랑이 아니다. 대대로 물려 줄 겨레의 얼이다. 나라를 지켜내기 위하여 홍의장군과 함께 목숨 바쳐 왜와 싸웠던 이름

없는 민초들과 우리나라의 독립을 위해 백산 선생처럼 일제에 항거한 후손이 모여 사는 곳 충절의 고장이 의령이다. 의령(宜寧)은 글자 그대로 마땅히 편안해야 한다.

나를 알기 위해 새삼스레 할아버지의 함자를 실마리로 풀어 보았다. 의규(宜奎)라는 할아버지가 계셔서 나는 마땅히 바람에 스치는 잔별이고 싶다. 언젠가는 낙동강 줄기를 따라 내지나루에서 이이목나루를 거쳐 기강나루까지 배를 타고 여행을 하련다. 의령과 내 고향 창녕 그리고 나의 뿌리를 찾아서 아버지가 나에게 해 주었듯이 아버지와 할아버지에 대한 이야기를 자식에게 해 줄 터이다.

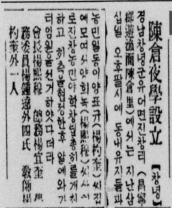

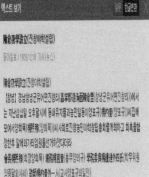

진창야학 설립(동아일보 1929. 12. 10. 3면)

　[창녕] 경남 창녕군 유어면 진창리에서는 지난 삼십일 오후 팔시에 동네 유지들과 농민일동이 양표규씨 집에 모여서 양희목씨 사회로 진창농민야학창립총회를 개최하고 회측을 협정한 후 아래와 같이 임원을 선거하였다더라.

　회장 양희목 총무 양의규 학무위원 양종달 외 사(四)씨 교사 양표규외 일인

* 양의규는 저의 할아버지이시고 양표규는 할아버지
의 동생으로 저의 작은할아버지이십니다. 다른 두 분은
제게 아저씨뻘 되는 일가친척이며 총무를 맡으신 저의
할아버지께서 주축이 되어 야학을 설립하였다고 보아
집니다.

 서슬 퍼런 일제 강점기 시대 시골 동네에서 야학을 설
립하였다는 동아일보 기사를 네이버 검색에서 우연히
찾았습니다. 이는 저의 정체성으로 다가왔기에 삶을 바
르게 살아야겠다는 다짐을 하게 됩니다.

# 아들과의 여행

그해 여름은 무척이나 더웠다. 개인적으로 입시를 앞둔 고등학교 3학년 아들이 있어 더 더웠다. 아들의 무던한 성품은 좋았으나 공부는 썩 잘하지 못했다. 나는 겉으로 드러내지 않았지만 걱정이었다. 아들에게 관심을 쏟아서 그랬는지는 모르지만 "자식 키우기가 내 마음 같지 않다"라는 말이 실감 났다. 공공연히 아들에게 "너도 결혼해서 너 닮은 자식 한번 낳아 봐라" 하는 말을 자주 했다. 한때는 이렇게 말하는 나도 너 닮은 자식이었을 텐데 그걸 망각하고 말이다.

더위에 인내가 거의 한계에 다다랐을 즈음 나에게 고3의 자식이 있음을 안 작가 한 분이 자기가 저술한 책에 아들의 이름을 쓰고 서명을 해서 갖다 주었다. 퇴계 이황 선생에 관한 책이었다. 그 책은 청소년 교양도서였지만 어른이 읽기에도 좋아 부담 없이 내가 먼저 읽었다. 여행의 형식을 빌려 익숙한 경상도 사투리로 풀어낸 책으로 읽기도 쉬울뿐더러 역사적인 사실을 가미하여 잔잔한 감동과 재미를 건넸다. 다 읽고 나서 아들에게 책을 전해 주었다.

아들은 저자가 서명한 책을 처음 받아 보는지라 책의 내용보다 서명이 신기했던지 누구냐고 물어보았다. 주위에 글을 쓰고 책을 출간하는 작가를 접하지 못했던 까닭이다. 그냥 잘 아는 사람이라고 대답을 해 주었다. 그 이후 더위에 입시 공부를 하면서 틈틈이 책을 읽는 모습을 보여 줬다. 책 읽는 것을 무슨 노역으로 여기는 아들이 스스로 읽는 모습을 보여 주어 신통했다. 몇 주가 지나자 자식은 책의 내용을 직접 느끼고 싶었던지 안동에 여행 가길 원했다. 입시가 코앞이라 끝나면 같이 가자고 했다.

수능을 치르고 원서를 쓰고 나서도 무척 애를 태웠다. 입시가 거의 막바지에 이르러서야 대학으로부터 합격 연락이 왔다. 그제야 마음 놓고 여행을 갈 수 있었다. 처음으로 단둘이서 안동으로 여행을 떠났다. 책에서 기술한 순서대로 차근차근 경로를 밟았다. 먼저 병산서원 앞에서 물이 돌아 나가는 낙동강에 물수제비를 떴다. 『징비록』의 저자 서애 류성룡을 만나 '실책은 반성하고 앞날을 미리 대비해야 한다'는 나라를 위한 진정한 마음을 헤아렸고 달팽이 모양의 재래식 화장실을 보고 선조의 지혜도 얻었다.

다음으로 하회마을을 거쳐 도산서원에 갔다. 서원은 퇴계 선생의 학문과 덕을 기리기 위해 간결하고 검소하게 지어져 있어 학문을 익히는 장소의 본보기 같았다. 서원 마당에서 뒷짐을 지고 생각에 잠긴 이황 선생의 모습이 그려져 흉내도 내보았다. 서예에 관심이 많은 내게 눈에 띈 것은 '陶山書院(도산서원)'이라고 쓴 현판이었다. 해서체로 석봉 한호가 썼다고 한다. 저 글씨가 골동품 시장에 나오면 가격이 얼마나 될까? 하는 궁금증이 들어 속물근성을 벗지 못한 나 자신이 부끄럽기도 했다. 유물전시관을 비롯하여 뒤에 솟은 산과 앞에 펼쳐진 강을 보며 이황 선생의 선비정신에 감복한 둘은 나란히 걸어 나왔다.

여행하면서도 많은 대화는 나누지 못했다. 하지만 길을 같이 걷고 점심을 같이 먹고 같은 자동차 안에서 시간을 보냈다는 사실만으로 좋았다. 이심전심으로 마음이 통하고 있음도 느꼈다. 둘만의 비밀을 가진 것 같았다. 추억을 남기기 위해 몇 장의 사진을 찍고 돌아올 때는 캄캄한 밤이 되었다. 야간 운전을 하면서 옆을 슬쩍 바라보니 자식은 졸음을 참고 있었다. 피곤한 모습이 안쓰러워 잠을 자라고 해도 운전하는 아빠가 있는데 잠을 잘 수 없다면서 휴대전화기로 음악을 들려주었다. 아비에 대한 따뜻한 정의 마음이 깨어나 스스로 하고 싶어 하는 아들의 마음이었을 것이다.

아버지가 아들을 걱정하는 마음만큼 자식도 아버지를 걱정하는 마음이 있었다. 다만 그 마음이 기대에 미치지 못했을 뿐이었다. 부모들은 자식에 대한 기대감으로 해서 더 힘들어한다는 속사정도 알았다. 부모가 기대를 낮춘다면 어떨까? 자식들의 생각은 부모보다 한 단계 위에 있고 자기가 하고 싶으면 스스로 한다. 하고 싶을 때까지 한번 기다려 보는 것. 이것이 아들과의 여행에서 내가 깨우친 교훈이다. 찬란한 봄이다. 낙엽의 계절 가을을 지나 겨울의 긴 기다림으로써 찾아오는 봄은 그래서 찬란한지도 모르겠다.

# 강의의 의미

　백문 불여일견(百聞 不如一見)은 백 번 듣는 것은 한 번 보는 것보다 못하다는 뜻으로 『漢書』에 나오는 이야기이다. 여기에서 나아간 것이 백견 불여일행(百見 不如一行)으로 백 번 보는 것은 한 번 행하는 것보다 못하다는 것이고, 더 나아가 백행 불여일교(百行 不如一敎)로 백 번 행하는 것은 한 번 가르치는 것보다 못하다는 것이다. 그러나 가르칠 기회가 누구에게나 주어지지 않음으로 그 의미를 찾기가 쉽지 않다.

　나에게도 우연하게 이런 가르침의 기회가 왔다. 지역의 도서관에서 시민을 위해 강의 장소를 무료로 제공한다고 했다. 사용 조건은 한 달에 두 번 이상 정해진 시간에 강의실을 사용해야만 된다는 것이다. 내가 속한 문학회에서는 월에 한 번 정도는 문학특강을 열면 되는데 두 번은 무리가 있어 강의 장소를 포기해야 할 형편이라고 했다. 장소를 포기하기가 아까워 매월 한 번은 시와 수필 쓰기에 대한 문학 강좌를 내가 열겠노라고 대뜸 자청을 해 버렸다.

사람들 앞에만 서면 가슴이 두근거리고 얼굴이 붉어져 말을 더듬는 내가 왜 그랬는지 한동안 후회가 되었다. 뱉은 말에 대한 책임으로 마음을 다잡아 동물과 사람, 원형, 바람과 기후, 풍경과 경험에 관한 시 쓰기와 수필 쓰기, 생각하는 법과 공간 읽기 등 연간 강의 계획을 수립했다. 문인과 일반시민을 대상으로 하는 강의였기에 나름 많이 준비하였으나 여러 가지로 서툴렀다.

짧은 지식으로 나보다 나은 사람을 가르친다는 것이 분에 넘쳤다. 온 힘을 다해 성의를 보여 준 것에 만족해야만 했다. 강의계획을 세우고 한 번쯤 연습하는 과정에서 오는 배움이 커 강의를 통해 얻는 게 많다는 것을 알았다. 그렇지만 강의를 듣는 사람의 반응은 좋지 않아 보였다. 그래서 내가 생각해 낸 것은 강의를 받는 사람들이 토론할 수 있도록 토론의 장을 마련하는 것이었다.

방법을 바꾼 첫날 원형(archetype)에 대해 강의할 때의 일이다. "사물이 가지고 있는 근원적 양상을 일반적으로 원형이라고 한다. 사람이 뱀을 보고 무서워하듯 사전경험 없이 집단이 공유하는 심상을 의미하는데…….” 본론으로 들어가기도 전에 한 사람이 원형에 대해서 반기를 들고 열변을 토했다. 이러한 이론으로 해서 작가가 쓴 개성적인 글을 원형의 틀에 가두어 단순하게 만들어 버리고, 새로운 작품을 써도 몰개성적으로 평가되는 현실이 부당하다는 것이다.

모든 문학작품은 백지 위에서 자기만의 개성으로 쓰여야한다는 것을 주장하고 반드시 많은 독자가 작품을 좋아해야만 한다는 사고도 버려야 한다고 했다. 이에 반해 또 다른 사람은 원형을 부정함은 문학 정체성을 부정하는 것으로 원형을 벗어나 개성적인 글을 쓰더라도 독자들에게 읽히지 않으면 좋은 글이 될 수 없다는 것을 여러 철학이론을 곁들여 깊이 있게 주장했다.

나중에 가서는 원형을 부정하는 쪽과 긍정하는 쪽으로 나뉘어 시간 가는 줄도 모르고 토론이 이어졌다. 나는 강의를 진행하는 입장이지만 미흡하여 정리를 하지 못하고 우물쭈물하여 창피하기도 했다. 여기에서 원형에 대한 부정과 긍정은 나에게 중요하지가 않아 보였다. 굳이 중요하다면 다양한 견해로 배울 점이 많았다는 것과 다양성 자체를 인정함이 옳다고 느낀 점이다.

가르치는 사람은 참마음으로 현재의 상태에서 원하는 상태로 인도해 주는 사람으로 자리하는 것이 바람직한 모습이 아닐까 한다. 이제는 사람들 앞에 나서는 것에 대한 두려움이 많이 줄었다. 날이 갈수록 강의에 대한 반응도 좋아졌다. 준비하는 시간이 길어져 힘들어 포기하고 싶을 때도 있지만, 강의를 마치고 난 후의 보람이 더 컸다.

강의는 듣는 사람으로 하여금 이치를 터득하게 하여 감동을 하게 하는 데 있다. 사물의 이치를 터득하게 하는 데 있어 가르치는 사람이 이치를 모르면 가르칠 수가 없다. 가르치기 위해서 공부를 더 많이 해야 한다. 받아들이는 사람이 스스로 받아들일 수 있도록 하여야 하고 받아들인 지식은 기억에 오래 남도록 해야 좋은 강의가 된다. 여기에 숨겨진 재능을 끌어내고 지적 호기심을 유발할 수 있으면 더할 나위 없겠다.

좋은 강의를 보면 꼬리에 꼬리를 무는 질문이 많고 열띤 토론이 이루어진다. 그러다 보면 고정관념이 깨어지고 이야기가 계속 이어져 시간은 금방 지나간다. 다양한 의견으로 토론의 과정을 거치면서 여러 가지 생각을 하게 하는 여운이 남아 있으면 좋지 않을까? 가르치고 배우는 열정에서 인간적인 교류와 유대감이 생기고 사람은 변하고 발전한다.

나에게 있어 강의한다는 것은 어떤 의미였을까? 강의는 남을 가르친다기보다 나의 배움에 있었다. 강의를 준비하고 여러 사람이 토론하는 과정을 지켜보면서 많이 배웠다. 『論語』의 군자삼락(君子三樂)에서 세 번째 즐거움인 좋은 제자를 얻어 가르치는 것이 현실상 어려운 사람이 많다. 그럴지라도 기회가 된다면 누구를 대상으로 하든 자청하여 강의를 한 번 해 보길 권해 본다. 백행 불여일교(百行 不如一敎)란 참뜻을 알 수 있을 것이다.

# 지금은 기도할 시간이다

지난 16일 세월호 침몰 사고가 일어났다. 사흘 뒤 김해문인 협회에서는 가야문화축제 전국 백일장을 개최했다. 원래 가 야문화축제 기간에 백일장이 열리기로 되어 있었으나 우천 관계로 일주일 연기되었으며, 그 사이에 세월호 침몰이라는 사고가 일어났다. 침몰의 참상을 보면서 안타까운 마음에 며 칠 동안 눈물을 흘렸다.

애끓는 마음에 백일장 행사를 연기하고자 하였으나 일주일 미룬 행사라 그마저도 여의치 않았다. 백일장에 참가한 분들 을 위해 인사말을 준비해 두었는데 인사말은 세월호 침몰로 인한 상황에 맞지 않아 한마디도 하지 못했다. 대신 아픈 마 음이 참가한 여러분들의 마음과 같음을 전하면서 애꿎게 희 생됐거나 구조를 기다리는 학생과 사람들을 위해 묵념과 기도를 올리고 싶다고 했다.

굳이 강요하지 않았지만 참석한 학생과 시민들은 기꺼이 동참했다. 잠깐의 묵념, 기도에도 눈시울이 붉어지는 학생들과 시민들을 보면서 아픈 마음을 느낄 수 있었다. 개회식장은 잠시나마 세월호 침몰로 희생된 희생자들의 영령을 위로하고 실종자들의 무사 귀환을 기원하는 기도장이 되었다.

기도에 더하여 오늘 만큼은 자기의 아픈 마음을 달래고 친구의 아픈 마음을 위로하고 남에게 희망의 빛을 줄 수 있는 것이 글짓기라는 사실을 알리면서 차분하게 글을 써 좋은 결과 얻기를 바란다는 말로 인사말에 대신했다. 이런 행위에 누구도 토를 달거나 불만을 표하지 않았다. 그만큼 우리나라는 슬픔에 빠져 있다. 다 같은 국민으로서, 친구로서, 자식을 키우는 부모로서 세월호 침몰을 슬퍼하지 않을 수 없다. 철저하게 슬픔에 빠져든다.

어른의 잘못으로 해서 아직 피지도 못한 꽃봉오리 같은 학생들이, 그것도 어른의 말을 듣다가 캄캄한 바다 밑에 갇혀 고통 속에 죽어 갔다. 또래의 자식을 키우는 처지에서 그들 부모의 마음을 헤아려 보았다. 하지만 어찌 그 마음을 헤아릴 수가 있을까?

글을 쓰는 사람들은 새가 지저귀는 것을 보고 어떤 사람은 운다고 하고 어떤 사람은 노래한다고 한다. 오늘 화창한 봄날에 지저귀는 저 새들은 분명 눈가에 이슬을 맺고 울고 있다고 쓸 것이다. 몇 달 전 리조트 체육관 지붕이 무너져 내린 사고에서 우리나라의 동량인 선량한 대학 신입생들이 죽어 갔다. 그때에는 폭설로 인한 하늘을 원망하더니만 이번엔 안개로 인한 저 푸른 바다를 원망할 차례인가?

어른들의 잘못이지 하늘과 바다는 죄가 없다. 하늘도 바다도 슬픔에 겨워 울고 있다. 죄 없는 어린 학생들을 삼켜야 하는 바다의 마음은 얼마나 아플까. 어른들아, 이제는 제발 선량한 우주 만물을 나쁘게 몰아가는 일은 하지 말도록 하자. 글을 쓰는 사람마저 우주 만물을 나쁘게 인식하게 하여 글감을 찾지 못하는 이런 현실은 만들지 말자.

지금은 묵념하고 기도할 시간이다. 바닥까지 슬퍼지자. 구명동의를 입은 채 선실 선반 아래 콕 콕 박혀 앉아 있던 그 장면을 보고 눈물을 흘리지 않을 자 누가 있으랴. "엄마 말 못할까 봐 문자 보내 놓는다. 사랑한다"라는 문자를 보고 가슴 아파하지 않을 자 누가 있으랴. 어른들로 해서 열여덟 청춘이 피지도 못하고 시들어 버렸다. 철저히 우울하고 슬퍼졌다가는 서서히 바닥을 차고 떠오르자. 희생자를 애도하고 유가족을 위로하고 실종자의 생환을 염원하는 마음은 전 국민의 한

결같은 마음이다.

　구조 활동과 국가재난 대응체계의 총체적 부실 탓은 잠시 미루어 두자. 국민의 의무는 충실히 이행하라고 하면서 국민으로 인정하지 않는 국가도 믿지 말자. 스스로 자정해서 믿도록 할 때까지 폐기처분을 해 놓자. 정치권력에 눈멀어 이전투구를 일삼는 한심한 사람들은 외면해 버리자. 이런 상황에서도 6·4 지방선거의 유불리를 따지는 사람들은 외계인으로 치부해 버리자. 그러면 분한 마음이나 풀어질까?

　우리나라 국민들은 옳다고 생각한 일은 스스로 해결한다. 스스로 해결하는 힘이 있다. 역사가 이를 증명을 한다. 임진왜란에서 이순신 장군과 의병들이 그랬고 일제강점기 안중근 의사와 독립투사들이 그랬다. 이번 참사에서 채낚기 어선을 동원하고 바지선을 띄우는 유가족을 봐도 알 수 있다. 지금은 삼가 고인의 명복을 빌며 묵념하고 생존자들의 귀환을 염원할 때다. 그리고 힘을 모아 지혜롭게 스스로 해결하자. 다 함께 슬퍼하는 마음이 있어 희망은 있다.

# 독서환경 유감

가끔 열차를 탈 때가 있다. 그때는 양복 주머니에 들어가는 작은 시집을 한 권 챙겨서 간다. 주머니에 들어가는 책은 거추장스럽지 않아 쉽게 꺼내어 조용히 읽을 수 있기 때문이다. 그러나 달리는 열차 안에서 책을 보면 멀미 증세가 와 얼마 읽지 못하고 덮어 버리는 경우가 있다. 하지만 좀 더 사람다워지기 위해 읽으려고 하는 편이다.

최근에 볼일이 생겨 KTX를 타고 서울에 다녀왔다. 열차표를 예매할 때는 내 옆자리에는 누가 앉게 될까? 하는 궁금증이 늘 일어난다. 옆자리에서 책 읽는 모습을 보여 주는 사람이 앉으면 좋으련만 번번이 기대는 어긋난다. 이번에도 이십대로 보이는 젊은 남자가 땀 냄새를 풍기며 나의 옆자리에 앉았다. 앉자마자 스마트폰을 꺼내어 총질하는 게임을 시작했다. 서울역에 도착해서야 총질은 끝이 났다.

열차를 타고 가면서 주위를 한 번 둘러보았다. 승객의 대부분이 스마트폰을 들여다보며 게임을 하거나 간혹 한두 사람은 스마트폰에 연결된 이어폰으로 음악을 듣고 있는 것 같았다. 책을 읽는 사람은 없었다. 나는 멋쩍게 주머니에서 책을 꺼내 들었다. 아니나 다를까 몇 페이지 읽고 나니 눈도 침침하고 멀미 증세가 났다.

조용히 책을 덮고 천장에 매달린 TV로 눈을 돌렸다. 뉴스에서 정치인이 뇌물을 받고 잡혀갔다는 내용, 큰 기업이 경영권 문제로 부자간, 형제간 다투고 있다는 내용, 어느 학교에서 성폭력이 있었다는 내용 등이 쏟아져 나오고 있었다. 사람답지 않은 행동들이 부끄러워 창밖으로 눈길을 돌려 조용히 생각에 잠겼다.

이웃의 어느 나라는 달리는 열차와 지하철 안에서 시민들이 책을 많이 읽는다고 하고, 다른 이웃 나라는 24시간 개방하는 서점이 성황을 이루어 거기에서 밤샘으로 책을 읽는다고 하고, 또 다른 나라는 스마트폰으로 전자책을 읽는다고 하는데 우리는 왜 책을 읽지 않을까? 옛날 우리 선조들은 집안에 식량이 떨어져도, 비바람이 들이치고 눈이 와도 책 읽는 선비가 많았다고 했는데 지금에 와서 왜 이렇게 책을 안 읽는

지 모르겠다.

우리나라가 지금까지 유구한 역사를 써 온 힘은 이웃의 나라들보다 뿌리 깊은 우수한 문화와 책 읽는 선비가 있었기에 가능했다고 보는 마당에 앞날이 슬슬 걱정된다. 현대에 와서 스마트폰 등 전자기기의 발달은 책을 멀리하게 하는 부작용을 불러일으키고 있다. 이것은 읽는 수고로움보다 보고 듣는 즐거움이 크기 때문이다. 그러나 보고 듣는 즐거움은 감정을 메마르게 하고 사람을 폭력적으로 만들 소지가 다분하다. 읽는 수고로움으로써 교양을 높이고 풍부한 감성이 길러지며 나아가 아름다운 사회가 이룩된다.

천장에 매달린 TV에서 이제는 이상한 광고가 들려온다. 서울의 지하철에서는 스마트폰으로 비디오를 무제한 공짜로 볼 수 있게 제공한다는 광고다. 말초신경을 자극하여 결국은 사람의 정서를 황폐화하겠다는 뜻으로 비쳐 내게는 이상하고 마음에 들지 않는다. 차라리 책을 공짜로 무제한 볼 수 있게 했다면 이상하지 않았을 것이다. 앞서 뉴스에서 언급한 좋지 못한 소식들은 책을 읽지 않은 데서 오는 도덕 불감증에서 기인한다.

TV에 대중교통을 이용하며 책 읽는 사람들의 모습과 환히게 불을 밝힌 서점에서 책을 고르고 읽는 모습 등 독서문화와 관련한 내용을 자주 보여 준다면 좋지 않을까? 신문에서도 책을 소개하고 인생에서 책의 영향으로 삶이 바뀐 내용을 싣고 추천한다면 책을 읽는 사람이 늘지 않을까? (〈김해뉴스〉는 문화면에 책과 관련한 좋은 글로 한 면을 통으로 채우고 있다.) 그리고 주위의 곳곳에서 책을 쉽게 접할 수 있으면 좋겠다. 책을 멀리하게 하는 매스컴과 열차 안에 읽을 만한 책 한 권 비치되어 있지 않다는 환경이 못내 유감이다.

책 읽기에 좋은 계절 가을로 접어들었다. 흔히 독서는 취미가 될 수 없다는 말을 한다. 이는 책 읽는 것이 사람의 도리로 당연하기에 굳이 취미의 범주에 들여놓을 필요가 없다는 의미다. 하지만 요즈음은 책을 읽는 사람이 많지 않음을 떠나 드물 정도다. 많은 사람이 독서가 취미가 되어 책 읽기를 즐기며 살아가야 문화가 강한 행복한 나라가 되지 않을까 하는 생각을 해 본다.

# 천명(天命)의 뜻

천명에는 대략 세 가지 뜻이 담겨 있다. 첫째는 하늘로부터 받은 목숨이고, 둘째는 타고난 운명이며, 셋째는 하늘의 명령이다. 이 뜻을 두고 볼 때 두루 사람의 삶과 밀접한 관계를 맺는다.

하늘로부터 받은 목숨이라고 했을 때 죽음을 떼어 놓고 생각할 수는 없다. 죽음은 삶에서 언젠가는 죽는다는 사실을 기억해야 하는 부분으로 어떻게 아름답게 살다가 죽느냐가 중요하다. 그러므로 삶에서 후회하지 않을 죽음을 하나하나 준비해야 된다. 후회 없이 죽을 때 우리는 천명을 누리고 조용히 눈을 감았다고 할 수 있다. 천명을 누리고 눈을 감는 사람이 얼마나 될까?

천명이 타고난 운명일 때에는 두 가지 길이 생긴다. 천명을 따르는 길과 거스르는 길이다. 만사(萬事)가 일체유심조(一切唯心造)라 했던가! 따르든 거스르든 결정된 마음에서 힘을 얻어야 한다. 요즘같이 힘든 일이 곰비임비 일어날 때 "이게 내 운명이야" 하고 천명으로 받아들여 열심히 이겨 낼 때와 "이건 내 운명이 아니야" 하면서 천명을 거스르며 도전정신으로 이겨 낼 때를 두고 봤을 때 이겨 낸다는 점에서 결과는 같다. 이런 의미에서 '천명'이란 말은 인간에게 살아가는 힘이 되어 주기 위해 생겨난 것으로 보인다.

마지막으로 하늘의 명령이라는 뜻이다. 이 경우는 직업과 연관지어 생각해 볼 수 있다. 직업에서 사람들은 '천직(天職)'이라는 말을 많이 사용한다. 천직은 하늘이 내린 업(業)으로 하는 일이 적성에 잘 맞아 "내 길이다" 하고 주어진 길을 갈 때이다. 이는 하늘의 명령에 순응하는 일로 문학을 예로 들어 설명해 보고자 한다.

죽는 날까지 하늘을 우러러/ 한 점 부끄럼이 없기를/ 잎새에 이는 바람에도/ 나는 괴로워했다./ 별을 노래하는 마음으로/ 모든 죽어가는 것을 사랑해야지/ 그리고 나한테 주어진 길을/ 걸어가야겠다.// 오늘 밤에도 별이 바람에 스치운다.

이 시는 누구나 알고 있는 윤동주 시인의 「서시(序詩)」로 시인이 대학 졸업을 앞두고 쓴 시이다. 진로를 고민하며 시인은 나한테 주어진 길을 걸어가야겠다고 하는데 과연 주어진 길은 무엇이었을까? 한 번쯤 생각해 보지 않을 수 없다. 죽는 날까지 하늘을 우러러본다는 것은 하늘을 숭배한다는 뜻이다. 유교(儒敎)에서는 천명사상(天命思想)으로 나타나는데 쉽게 말하자면 하늘로부터 받은 목숨으로 하늘의 명령에 따라 삶을 사는 일이다.

윤동주 시인은 처음부터 시인이 되길 원했지만, 그의 아버지는 의사(醫師)가 되길 원했기 때문에 부자간의 갈등은 이루 말할 수 없었다. 이에 시인의 할아버지가 중재하여 윤동주 시인의 손을 들어 주었다. 이후 시인이 되기 위해 부단한 노력을 한다. 업으로 시인의 삶을 살아 주어진 길을 간 것으로 보인다. 윤동주 시인의 마지막 작품 「쉽게 씌어진 시」에서는 '천명'이라는 말이 직접 언급되어 짐작할 수 있다.

창 밖에 밤비가 속살거려/ 육첩방(六疊房)은 남의 나라.// 시인이란 슬픈 천명(天命)인 줄 알면서도/ 한 줄 시를 적어 볼까// (…) // 인생은 살기 어렵다는데/ 시가 이렇게 쉽게 씌어지는 것은/ 부끄러운 일이다.// (…) // 나는 나에게 작은 손을 내밀어/ 눈물과 위안으로 잡는 최초의 악수.

천명으로 시인의 꿈을 이루어 시는 쉽게 써지는데 일제하 남의 나라에서 나라 잃음을 부끄러워하며 자신이 자신에게 작은 손을 내밀어 시인으로서 최초의 악수를 하게 되는 것으로 해석된다. 「詩人尹東柱之墓」(시인윤동주지묘) 이것은 윤동주 시인의 묘비명이다. 여기에서 詩人은 천명에 따른 것으로 그 뜻하는 바가 크게 나타난다.

우리는 천명으로 자신에게 주어진 삶의 길이 무엇인지 한 번쯤은 진지하게 생각해 봐야 한다. 천명은 자신의 묘비명에 무엇을 새길 것인가를 발견하는 일이기도 하다. 천명의 세 가지 뜻에서 보았듯이 천명을 떠난 사람의 삶은 있을 수 없다고 생각하며 어렵고 힘들 때는 슬쩍 천명에 기대어 봄 직도 하다.

# 장정 소포

장정 소포는 군에 보낸 자식의 어머니들을 눈물짓게 한다. 그 옛날 나의 어머니가 그랬고 현재 나의 아내가 그렇다. 아내는 며칠째 거실에 놓여 있는 장정 소포를 보면서 눈물짓고 있다.

지난 4월 말 아내와 아들을 데리고 육군훈련소에 다녀왔다. 아들이 어느덧 성년이 되어 국방의 의무를 다할 수 있도록 입대를 시켰다. 아들은 군에 가기 위해 지원을 네 번 하여 탈락하고 다섯 번째 지원에서 합격해 입대했다. 정신과 육체가 건강함에도 그야말로 4전 5기로 입대를 했다. 요즈음은 군에 입대하기 위해 대기하는 장정들이 많아서 그렇다고 한다.

입소식에서 부모를 스탠드에 남겨 두고 연병장으로 뛰어

들어가던 아들의 뒷모습이 짠했다. 몇천 명의 입대하는 장정과 함께 온 애인, 가족, 친지들이 곳곳에서 눈물을 훔치는 모습들이 보였다. 예전과 또 다른 모습으로 할머니들이 함께 와 손자를 꼭 끌어안고 애써 눈물을 감추는 모습도 보였다. 세상 어느 나라에서 이런 풍경을 또 볼 수 있을까?

남들과 같이 아들이 건강하게 성장하여 대한민국을 지키는 군인으로 국방의 의무를 다할 수 있다는 것이 자랑스러웠다. 먹먹한 기분으로 연병장 스탠드를 빠져나오며 몸 건강히 군복무 잘하기를 마음속으로 빌었다. 잘할 것으로 믿어 의심치도 않았다. 돌이켜보면 33년 전 늦은 겨울 나도 그 자리에 군 생활에 대한 두려움으로 서 있었다. 나를 훈련소 입구까지 바래다주고 간 그 친구의 고마움을 지금도 잊지 못한다.

며칠 후 택배로 '부모님께 보내는 장정 소포'가 집으로 배달되었다. 훈련소에 입소하여 제일 먼저 하는 일이 입고 간 옷과 신발을 벗어서 편지와 같이 조그만 박스에 담아 소포로 집에 보내는 일이다. 그리고 보급되는 군복 등으로 갈아입는다. 집에 계신 부모님은 이 소포를 받아 들고 급하게 내리갈긴 짧은 편지를 읽으며 많이 운다고 한다. 나의 어머니도 많이 울었다는 소식을 누나로부터 전해 듣고 울먹인 기억이 있다.

장정 소포에는 심성과 육체가 빠져나간 옷가지에 아들의

체취가 묻어 있다. 한동안 아들 생각에 눈물이 많이 날 것이다. 아들을 군에 보낸 어머니라면 그 누구 할 것 없이 장정 소포를 받고 눈물짓지 않았을까 생각해 본다. 어떤 어머니는 군복을 입고 휴가 나온 군인만 보아도 아들 생각으로 눈물이 흐르더라고 했다. 부모의 마음이란 원래 그런 것일까? 입대하고 장정 소포를 받고 우는 일도 하나의 문화로 자리 잡는 것 같아 씁쓸한 기분이 든다.

6월은 호국보훈의 달이다. 동족상잔인 한국전쟁 시에는 무수한 군인이 나라를 지키려는 충심으로 참전하여 목숨을 잃었다. 그 당시 김해의 청년들은 더했다. 이들의 넋을 기리기 위한 충혼탑이 삼방동 은하사 오르는 우측 길옆에 있고 김해생명과학고등학교에 있는 학도병참전기념비가 이를 증명하고 있다. 지금이 있게 한 고마운 분들로 국가는 충분한 예우를 해야 하고 우리는 한 번쯤 찾아서 추모할 일이다. 김해 청년들의 조국을 사랑하는 의기(意氣)는 정말 대단하여 자랑스럽다.

장정 소포의 슬픔은 이 의기의 사유에 있다고 본다. 자식들이 의기로 입대하지만 살아 돌아오지 못한 데 대한 슬픔 때문이다. 참전과 사고 등으로 목숨을 잃어 입대를 자랑스러워하기보다는 그 애처로움에 눈물짓는 것이다. 한국전쟁 후에도

군에 가서 모두 다 살아 돌아온다는 보장이 없다는 말을 공공연히 했다. 지금도 남북이 대치하는 상황에서 전쟁과 사고의 가능성은 언제나 있다. 이러한 현실에서 장정 소포를 받은 어머니들은 군에 간 사랑하는 자식 생각에 근심과 걱정으로 운다.

장정 소포를 받고 어머니가 울지 않는 나라가 되는 길은 없을까? 근심과 걱정을 해결하는 방법은 없을까? 역사의 흐름에서 보듯이 국가의 운명과 함께하는 것이 군이므로 사회가 안정되고 군이 군다워지면 되지 않을까? 사회가 불안하면 외부의 침략을 받기도 하고 사고가 잦아져 목숨을 잃기 마련이다. 정치하는 사람들과 군의 지휘자가 이를 새겼으면 한다. 앞으로 장정 소포를 받고 어머니들이 울지 않는 세상이 빨리 왔으면 좋겠다. 호국보훈의 달에 하는 간절한 바람이다.

# 낯섦과 모순

국화의 계절이다. 국화 하면 서정주의 「국화 옆에서」라는 시와 『국화와 칼』이라는 책이 생각난다. 「국화 옆에서」는 시에서 중요시하는 낯설게 하기의 본보기로 배웠다. 시인은 "내 누님같이 생긴 꽃"이 국화라고 했으니 낯설다. 『국화와 칼』은 문화인류학자 루스 베네딕트(1887~1948)가 일본문화의 틀에 대해 1944년 6월부터 미 국무부의 위촉으로 집필하기 시작한 연구서로 정작 저자는 일본을 방문하지 않고 썼다. 학문의 연구에서 그 대상을 직접 목격하지 않는 쪽이 오히려 엄밀할 수도 있다는 평가를 받고 있다.

문화인류학이란 문화의 측면에서 인류 공통의 법칙성을 파악하려는 학문으로 인류학의 한 분야이다. 즉 생활방식이나 사회의 관습 및 제도 그 밖에 언어, 학문, 예술, 종교 등을 문화의 전통과 발달과정을 비교 연구하여 인류의 본질과 역사를 종합적으로 밝히는 것을 목표로 하고 있다. 『국화와 칼』은 내가 문학을 공부하고자 할 때 수필가이며 문화인류학자이신 고(故) 김열규 교수님으로부터 추천받은 책이다. '국화'와 '칼'은 상호 무슨 연관이 있을까? 일본문화와는 어떤 관계를 맺고 있을까? 참으로 낯설었다. 낯섦으로 해서 책의 내용을 이해하기가 어려웠다.

일본은 1868년 소위 메이지유신(明治維新)부터 문호를 개방했다. 이후 일본에 대해 쓰인 저작에는 "세계 어느 국민에게도 일찍이 쓰인 바 없을 정도의 기괴하기 짝이 없는 '그러나 또한(but also)'이라는 표현이 연발되고 있음을 볼 수 있다"라고 했다. 예를 들면 만약 어느 나라 국민이 "유례없이 예의 바르다. 그러나 또한 그들은 불손하며 건방지다."라고 적지는 않는데, 일본만큼은 적을 수 있다는 뜻이다.

"아름다움을 사랑하며 배우와 예술가를 존경하며 국화(菊花)를 가꾸는 데 신비로운 기술을 가진 국민에 관한 책을 쓸 경우, 동시에 이 국민이 칼을 숭배하며 무사(武士)에게 최고의 영예를 돌린다는 사실을 기술한 또 다른 책에 의해 그것을 보충하는 그러한 일은 일반적으로 없다. 그렇지만 이러한 모든 모순이 일본에 관한 책에서는 날줄(經)과 씨줄(緯)이 되는"

것으로 『국화와 칼』에서 적고 있다. 내가 쉽게 이해하지 못한 부분은 '낯섦'을 넘어 당연히 그래야 하는데 그러하지 않는 '모순'에 있었다.

2차 대전 패전국인 일본은 헌법에 전쟁을 포기하고 전력을 보유하지 않으며 교전권을 부인한다는 내용을 담고 있었다. 1950년 한국전쟁 발발로 해서 국제분쟁을 해결하는 수단으로 자위(自衛)를 위한 무력행사를 할 수 있다, 로 개정하였고 이로 인해 부자가 된 나라라고 해도 과언은 아닐 것이다. 2015년 9월 18일에는 아베 신조 정권이 집단적 자위권 행사를 골자로 안보 관련 법안을 강행처리 했다.

헌법에 명시되어 온 "자국이 먼저 공격받지 않으면 무력을 행사하지 않는다"라는 법이 "자국뿐만 아니라 동맹국이 공격을 받으면 전쟁할 수 있다"로 바뀐 것이다. 이는 일본의 제국주의적 민족성과 임진왜란, 일제강점기 등 역사적 사실로 미루어 볼 때 또다시 우리나라를 침략할 수 있다는 것을 충분히 예측게 한다. 일례로 독도 문제, 위안부 문제 등에서 무력을 행사할 수 있음을 말함이다.

지금 일본 매스컴에서는 헌법 개정 반대시위를 하는 사람들을 많이 보도하고 있다. 이것은 이러한 시위로 평화헌법이 유지되길 바라는 세계인의 이목을 집중시켜 이들의 마음을 위로해 주는 거짓에 불과한 정도로 머지않아 잠잠해질 것으로 본다. 『국화와 칼』을 읽었다면 '모순'이라는 말에 대입시킬 수 있음이 그 이유다.

"일본의 행동 동기는 기회주의적이다. 일본은 만일 사정이 허락되면, 평화로운 세계 속에서 자기 위치를 구하리라. 그렇지 않게 되면, 무장된 진영으로서 조직된 세계 속에서 자기 위치를 찾게 될 것이다"라고 책의 마지막 부분에 기록되고 있다. 섬뜩하리만큼 맞아 들어가는 말이다. 우리는 「국화 옆에서」의 '낯섦'을 넘어 『국화와 칼』에서 '모순'으로 기록되고 있는 나라 일본을 좀 더 알고 임진왜란과 일제강점기와 같은 수난을 당하지 않도록 대비해야 할 것이다.

4부

우물

# 우물

　우물 곁에는 왜 앵두나무가 있을까? 동네 처녀는 왜 앵두나무 우물가에서 바람이 났을까? 볼우물 깊으신 어머니는 음력 2월이 오면 우물가 장독 위에 정화수를 떠 놓고 무엇을 빌었을까? 우물 안에서 개구리는 어떻게 살까? 돼지는 왜 우물에 빠졌을까? 우물은 내 기억의 원형으로 어릴 적 우리 집 우물을 떠올리니 우물우물 생각나는 것이 많다.

　북향의 사랑채 앞으로 마당이 펼쳐져 있었다. 맞은편 마당가에는 삭약꽃이 무더기로 피어 있었고 풍만한 분홍 꽃에는 벌이 윙윙대며 꿀을 빠느라 분주했다. 마당가 오른쪽에는 대문이 있었고 왼쪽에는 장독대가 있었다. 장독대 옆에는 앵두나무가 설익은 열매를 달고 있었고 박태기나무, 가죽나무, 설류화, 접시꽃 등이 한자리를 차지하고 있었다. 앵두나무와 마주하여 키 큰 늙은 감나무도 한 그루 서 있었다. 우물은 감나무와 앵두나무 사이에 있었다.

우리 집 우물은 동네에 있는 공동 우물보다 더 깊어 친구들에게 자랑감이 되었다. 깊이가 육칠 미터는 족히 되어 보이는 우물이었다. 땅을 깊이 파고 벽면에 막돌을 쌓아서 올린 우물 위에 시멘트 벽돌로 나지막한 사각의 틀이 지어져 있었다. 오래된 우물로 처음엔 우물틀이 없었지만, 위험하여 아버지가 우물의 가장자리에 정(井)자 모양으로 벽돌을 쌓고 시멘트를 발라 우물틀을 만드셨다. 이 우물은 언젠가부터 물길이 막혀버려 지하수가 솟아나지 않는 누렁우물로 물은 식수로는 사용하지 못했다.

장마철이 되면 흙탕물이 가득 고여 우물틀 속으로 고개를 밀어 넣고 팔을 뻗으면 어린 몸인데도 물이 손에 닿았다. 이런 행동이 위험하여 아버지는 우물가에서는 놀지 못하게 하였다. 친구들이 놀러 와도 우물가에는 가지 못하게 단단히 주의를 시키셨다. 혹시 잘못되어 빠지면 생명을 잃을 수도 있었기 때문이다. 장마철이 지나고 본격적인 더위가 오면 우물의 물은 언제 그랬냐는 듯이 부유물이 가라앉아 흙탕물이 맑은 물로 변해 있었다. 그때엔 나는 아버지의 눈을 피해 우물가에서 종종 놀곤 했다.

여름의 무더운 날씨에는 물을 두레박으로 퍼 올려 뒤집어 쓰기도 하고 붉은 고무통에 물을 퍼 담아 물놀이도 하면서 여름을 보냈다. 그러다가 권태로우면 가만히 들여다보기도 했다. 가만히 들여다보면 쌓아 올린 돌의 표면에 푸른 이끼가 무성하게 자라고 있었고 이끼 끝을 타고 물방울이 똑똑 떨어지고 있었다. 그 아래로 내 얼굴이 물에 비치고 있었다. 얼굴을 보면서 웃기도 하고 찡그리기도 하고 손가락으로 입을 찢는 시늉도 하면서 노는 게 재미가 있었다. 우물에 비친 모습이 나의 자화상으로 행동에 따라 변하는 그림에 시간 가는 줄 모르고 우물을 들여다볼 때도 있었다.

그러다가 지루해지면 장독대에 널려 있는 돌멩이를 가져와 우물에 던져 넣었다. 그러면 내 얼굴이 사라졌다가 잦아드는 파문을 따라 서서히 생겨나 신기하여 연거푸 우물 속으로 돌멩이를 집어 던져 넣은 적도 있었고, 돌멩이를 던져 놓고 귀를 우물의 바닥 쪽으로 돌리면 "퐁" 하고 들려오는 맑은 소리에 상쾌한 느낌도 받았다. 이런 짓은 아무리 해도 질리지 않아 그야말로 굴우물에 돌 넣기였다. 우물은 내가 던져 넣는 대로 담는 포용력이 컸다.

물을 긷다가 두레박을 빠트려 새끼줄 끝에 호미를 매달아 건져 올리기도 하고 감을 따는 대나무 장대로 휘휘 우물물을

저어 보기도 하며 놀았다. 무엇보다 재미있었던 일은 밝은 달밤에 아무도 모르게 살며시 방에서 빠져나와 우물을 들여다보며 그 속에 비친 달과 별을 보는 일이었다.

나에게 있어 침묵의 우물은 신비로움이었다. 우주 만물과 조화를 이룬 우물 곁의 사위(四圍)는 적막하여 차분해지는 마음에 기분마저 사뭇 달랐다. 커다란 감나무의 잎까지 우물에 비쳐 바람에 살랑거리면 우물 속에선 하늘에 물고기가 노는 그런 환상적인 풍경이 연출되기도 했다. 그런 풍광을 내 마음에 고이 담아 다시 방으로 들어와 잠을 잤다. 비밀스러운 나만의 즐거움으로 아련하다.

서서히 가을이 오면 우물물로 추수하는 낫을 숫돌에 갈기도 하고 가을 가뭄으로 타들어 가는 텃밭의 농작물에 주기도 하였다. 겨울이 오면 소죽을 끓이는데 구정물과 같이 섞어서 사용하기도 했다. 그럭저럭 추운 겨울이 지나면 우물의 물도 거의 다 써 버려 바닥을 드러내었다. 물이 거의 다 마른 이른 봄이 오면 아버지는 우물곁에 있는 늙은 감나무에 밧줄을 매고 밧줄을 타고 우물 안으로 들어가 청소를 깨끗이 하셨다. 청소하는 날은 작은 힘이나마 내가 돕기도 했는데 내가 우물에 빠트린 온갖 잡동사니가 밖으로 다 나와 아버지로부터 혼이 나는 날이기도 했다.

지금은 사랑채는 뜯겨 나가고 사랑채와 마당이 있던 자리는 텃밭으로 변해 있다. 우물은 우물틀이 허물어지고 그 위에 널찍한 판자가 덮여 있다. 고향에 내려가면 일부러 슬쩍 들추어 보지만 그 안이 컴컴하여 잘 보이지는 않았다. 동네마다 한두 개씩 있던 우물이 상수도로 해서 이젠 보기가 많이 힘들어졌다.

우물이 사라져 가는 현실 앞에 서면 오래전 보았던 〈돼지가 우물에 빠진 날〉이라는 영화가 생각난다. 이 영화는 우물과 돼지에 관한 내용은 하나도 없었다. 사람이 살아가는 세상일이 줄거리였다. 사람 사는 일에 왜 이런 제목을 붙였을까를 곰곰이 생각해 보았다. 통일신라시대라면 우물신(神)에게 고사를 지내기 위해 우물 속에다가 돼지를 빠트려 고삿날일 수도 있었겠다고 여겨 보지만, 요즈음에 와서는 있을 수 없는 일일 것이다.

상상력을 자극하여 한 번 더 깊이 생각해 보았다. 마음의 거울 같은 우물을 비롯하여 옛 것이 없어지는 세태에서 사람들은 메마른 감정으로 자기 내면의 자신을 찾고자 허황된 꿈으로 삶을 살아간다. 삶을 사는 그 모습이 세상이라는 우물 속에 빠져서 허우적거리는 것으로 비쳐, 돼지가 우물 속에 빠져 살기 위해 허우적대는 모습이 연상되기에 그런 제목을 붙이지 않았을까? 생각하며, 기억의 우물 속을 우물쩍 빠져나온다.

# 아동학대에 관한 소고

　김해는 비교적 '젊은 도시'로 불린다. 김해시민 평균연령은 35.7세로 전국평균 38.1세보다 2.4세 정도 낮다. 젊은 사람들이 많이 살기 때문에 영·유아나 어린이 인구도 많은 편이다.

　올해 11월 들어 김해를 전국에 알린 좋지 못한 뉴스가 한 건 있었다. 상대적으로 젊은 도시에서 일어날 수 있는 개연성이 높은 사건으로 생각된다. 내용인즉 김해의 한 어린이집 조리사가 다섯 살인 한 원생이 밥과 반찬을 남기자 이를 모아 억지로 먹인 행위이다. 이 행위가 '정서적 아동학대' 행위에 해당한다는 판결로 징역 4개월, 집행유예 2년에 160시간의 사회봉사를 명령받았다.

　이는 아이의 정신건강과 발달에 해를 끼쳤다는 것을 판사가 인정했기 때문이다. 그리고 억지로 먹인 음식물을 원생이 토한 것이 아니라 뱉어낸 것을 먹도록 한 점을 고려해 형을 내렸다고 했다. 만약 토한 음식을 먹게 했다면 이보다 무거운 중형을 내릴 수 있었다는 뜻으로 보인다. 나아가 이러한 행위를 당한 원생이 앞으로 성장하면서 트라우마를 겪는다고 가정하면 그 벌은 어떻게 내려야 할까?

김해시에서도 이 일 때문인지는 모르지만, 지난 11일과 12일에 관내 어린이집 보육 교직원(원장, 보육교사, 조리원 등)을 대상으로 '2015 하반기 어린이집 보육교직원 아동학대 예방교육'을 실시한 것으로 알고 있다. 교육에만 그칠 것이 아니라 지속적인 홍보와 무엇보다 아동교육에 대한 환경개선이 절실해 보인다.

지난 11월 19일은 '아동학대예방의 날'이었다. 2011년까지는 '세계아동학대예방의 날'이었지만, 2012년 아동복지법이 개정되면서 '아동학대예방의 날'로 정해졌다. 아직 사회적 인식이 부족한 까닭으로 일반인들은 잘 모르고 지나쳤을 수도 있었을 것 같다. 아동 학대는 정서적, 신체적, 성적 학대 등을 비롯하여 방치하는 것도 포함된다. 이러한 행위가 악질범죄임을 우리는 잘 알고 있다.

아동복지법에 나와 있는 관련 내용을 살펴보면, '아동의 건강한 성장을 도모하고, 범국민적으로 아동학대의 예방과 방지에 관한 관심을 높이기 위하여 매년 11월 19일을 아동학대예방의 날로 지정하고, 아동학대예방의 날부터 1주일을 아동학대예방 주간으로 하며 국가와 지방자치단체는 아동학대예방의 날의 취지에 맞는 행사와 홍보를 실시하도록 노력하여야 한다'라고 되어 있다.

위의 내용으로 보면 25일까지는 아동학대예방 주간이었다. 꼭 이러한 날과 주간이 있어서라기보다 시기와 장소를 불문하여 아이들은 학대로부터 보호되어야 하고 아이들의 권익은 침해당하지 말아야 한다. 아이들이 건강하고 자유스럽게 성장해야 밝은 미래가 있다. 어른들의 기름진 생활을 위해 아동의 복지와 건강을 해쳐서는 안 된다.

당나라 유종원(773~819)이 지은 글 '종수곽탁타전(種樹郭橐駝傳)'은 곱사등이 곽탁타가 나무를 잘 키우는 이야기이다. 일반적으로 '種樹'라는 성어로 알려져 있다. 나무를 키움에 있어 나무의 성질에 따라서 그 본성이 잘 나타나도록 심을 때 뿌리가 잘 내리고, 가지가 잘 펴지도록 다져 심고 나면 이후에는 움직이지 말고 죽었는지 살았는지 손톱으로 까 보지 말아야 한다고 했다. 이는 나무를 학대하지 않고 그대로 두면 그 본성에 따라 잘 자란다는 뜻이다. 아동의 교육도 그래야 하지 않을까?

앞서 언급했듯이 젊은 도시 김해는 상대적으로 아동이 많다. 많은 아동에 비해 보육 교직원이 부족하고 시설 등이 열악해 보인다. 이러한 환경으로 인해 아동학대가 일어날 소지가 다분하다. 학대를 받은 아동이 트라우마를 안고 살아가고 성인이 되면 다시 아동을 학대하는 사람이 되는 연결고리도 끊어야 한다.

　아동을 학대하는 사람은 가장 형편없는 사람으로 낙인찍힘을 명심하여 아동학대가 없는 젊은 도시 김해를 전국 뉴스로 다시 알려 오명을 씻도록 다 같이 노력했으면 좋겠다. 학대받는 아동이 있는 도시는 미래도 없다.

# 새해를 기다리며


  푸른 초원 위에 양 두 마리가 풀을 뜯는 그림에 '康安萬事如意(강안만사여의)' 모든 일이 뜻대로 이루어지라고 쓴 연하장을 친구로부터 받은 지가 엊그제 같은데 벌써 을미년의 마지막을 맞았다.

  많은 일을 계획하고 실천한다고 하였으나 이룬 것보다는 못 이룬 것이 더 많다. 그 대표적으로 이룬 것을 들라면 글을 쓰는 사람으로서 문학적인 발전을 조금 가져왔다는 것을 들 수 있고, 못 이룬 것은 직장 생활을 하면서 올해는 꼭 승진하길 바랐으나 승진하지 못한 것이 가슴에 많이 남는다. 그래도 자식이 건강하게 성장하여 입대하였고 가족 모두 무탈하게 한 해를 건넜으니 범사에 감사하다. 승진이야 열심히 하면서 기다리면 되는 것이고…….

기다린다는 것은 어떤 의미일까? 세월은 기다리지 않아도 오고 간다고 했다. 하지만 기다림은 세월이 빨리 지나가는 것보다 늦게 오는 것이 아닐까 생각해 본다. 사랑하는 사람을 기다리거나 열심히 일하며 승진의 때가 오기를 바라고 군인이 전역 날짜를 기다리는 일이 없다면 시간은 무의미해져 더 빨리 지나갈 것이다.

노벨문학상을 받은 사무엘 베케트(1906~1989)의 희곡 「고도를 기다리며」를 보면 알 수 있음이다. 거기서는 사람의 인생 자체가 기다림이고, 기다림으로 인간 존재를 확인하고 있다. 딱히 고도가 누구인지는 모르지만, 고도를 기다리는 시간은 정말 지루하게 흐른다. 이 지루함을 달래기 위해 등장인물들은 대화하고 장난치고 운동하고 욕도 하면서 온갖 노력을 다한다.

이는 아무리 하찮은 사람도 침묵시킬 수 없음을 극으로 보여주는 것으로 깨어 있는 기다림, 이것이 곧 희망이 된다. 만약 고도가 나타났다면 희망은 이루어진 것이고, 사람들은 또 다른 기다림의 희망으로 옮겨가는 것이 인생이 아닐까 싶다. 이 희곡의 중요한 시사점은 쉽게 포기할 수도 있지만 포기하지 않는 고도가 나타나기 전까지의 과정이라고 봐야 하지 않을까?

고도라는 그 무엇이 오면 기다림은 끝이 난다. 그렇지만 고도는 희망의 기다림 그 자체인 양 나타나지 않는다. 극은 기다림으로 시작하여 기다림으로 끝이 난다. 만약 극이 계속된다손 치더라도 기다림은 끝없이 이어질 것이다. 끝없는 기다림은 고도가 도대체 누구인가 하는 물음을 낳고 사람들은 그 물음을 지울 수가 없게 되어 기억에 오래 남는 것이다.

숱한 세월 기다림 끝에 다사다난(多事多難)했던 한 해가 또 저물어 간다. 더욱이 김해시민들에게는 어느 해보다 다사다난이라는 말이 잘 들어맞는 것 같다. 을미년 새해 벽두 새벽 시장 문제로부터 지역 주택조합 문제, 낙동강 녹조로 인한 환경 문제, 각종 인허가 비리 등으로 얼룩졌다. 무엇보다 이 모든 것을 차치하고 지금에 이르러 김해시민의 수장인 시장이 공석이 되었다. 민선 시장이 공직선거법 위반으로 법적 처벌을 받고 중도 하차했다는 사실만 보아도 그렇다.

이런 이유로 김해시민은 새해 새로운 시장을 맞이하기 위해 다른 지역의 시민들보다 더 많이 기다려야 한다. 기다리면 시간은 천천히 올 것이다. 서로 소통하면서 다시는 잘못된 선택을 하는 일이 없도록 해야겠다. 새로운 시장은 역대 시장의 전철을 밟지 않는 청렴한 사람으로 개인적으로는 문학을 알고 문화를 사랑하는 시장이었으면 더할 나위 없겠다. 그런 시장이 나타나길 기다리며 선거가 있는 날 오는 4월까지는 천천히 흐르는 시간이 조금이나마 위안이 되길 바란다.

다시 기다림으로 시작하는 병신년(丙申年) 붉은 원숭이해가 밝아오고 있다. 사람을 닮은 원숭이는 재주가 많고 자식과 부부지간의 사랑이 돈독하다고 한다. 가정이 화목하고 사랑이 넘치는 김해를 그려보자. 올해는 친구가 어떠한 연하장으로 나에게 힘을 실어 줄지 기다려진다. 고마운 친구다. 여러분도 새해 복 많이 받으시고, 가정에 두루두루 앞으로 나아가는 좋은 기운과 건강 가득하길 빌며…….

# 산의 존재 이유

시와 수필이 좋아 내가 따르는 시인 한 사람이 마산에 살고 있다. 가끔 마산으로 찾아가 형 동생 하면서 소주잔을 기울이는 사이이다. 새해 들어 부탁한 원고를 잘 써 주어 감사도 드릴 겸 마산을 찾았다. 이번에도 삼겹살집에서 소주잔을 기울이며 이런저런 이야기를 나누었다.

시인은 축하받아야 할 일이 있다며 이야기를 꺼냈다. 작년에 신청한 명예퇴직이 이제 받아들여져 이번 학기를 마지막으로 30년 가까이해 온 교단을 떠나게 되었다면서 축하해 달라고 한다. 드러내지는 않았지만, 가슴 한편이 짠했다. 지금까지 학생들을 잘 가르쳐야 한다는 사명감으로 교단에 섰을 터인데 그 일을 그만둔다는 생각을 하니 마냥 내가 축하할 일은 아닌 것 같았다. 그러면서 자기가 좋아하는 시를 실컷 쓸 수 있으니 좋지 않으냐, 사람이 물러날 때도 알아야지 하면서 굳이 축하를 받아야겠단다. 시인의 그 마음은 진심이겠지만, 마지못해 마음에도 없는 축하를 했다.

첫 교단에 섰던 일, 학생들과의 추억 등 여러 이야기를 나눈다. 자기는 근처에 있는 무학산을 자주 오르는데, 높지는 않지만 경치가 아름답다고 하면서 오르길 권한다. 거기에는 고운봉이 있으며 최초의 시인이라고 불러도 무방한 신라시대 최치원이 머물렀던 곳으로 추정하며 이름이 붙여졌다고도 했다. 뜬금없이 선문답 같은 질문을 한다. "산의 존재 이유가 무엇이라고 생각하느냐?", "산이 존재하는 데 이유가 있습니까? 그냥 산이지요"라고 대답하니 자기는 산은 무학산처럼 높지 않아도 아름다움으로 그 존재감을 드러낸다고 한다.

학교사회에서 대학은 총장, 초·중·고등학교에 교장이 있음은 주지의 사실인데 총장은 교수, 교장은 교사라는 신분으로 같은 사람이지 교수보다 높아서 총장이 되고, 교사보다 높아서 교장이 된 것으로 착각하는 사람이 있어 안타까운 마음이 있다고 한다. 총장은 교수사회에서, 교장은 교사사회에서 태도가 아름다운 사람이지 높이가 높은 사람이 아니라는 말을 서슴없이 했다. 이 말은 그냥 넘겨들을 수도 있지만, 나에게는 큰 깨우침으로 다가왔다. 술을 한잔 기울이고는 자기가 좋아하는 글귀가 있는데 한 장 줄까 하고 묻는다. "예, 하나 주이소" 하니 지갑에서 부적 같은 쪽지를 한 장 건네준다.

거기에는 "山不在高, 有仙則名(산부재고, 유선즉명)"이라는 복사된 글귀가 적혀 있다. "산은 높아서가 아니라, 신선이 있으면 이름을 얻는다"는 당나라 유우석(772~842)이 지은 陋室銘(누실명)의 첫 구절이다. 陋室銘은 글자 그대로 누추한 집을 새긴다는 뜻으로, 자기를 경계하기 위해 지은 시다. 이후의 내용을 조금만 살펴보면 "水不在深, 有龍則靈. 斯是陋室, 惟吾德馨(수부재심, 유룡즉령. 사시누실, 유오덕형) 물은 깊음에 있지 않고, 용이 있으면 영험하고. 누추한 방에는, 오직 나의 향기로운 덕이 있을 뿐이다"라고 쓰고 있다.

작금의 김해는 총선과 김해시장, 김해시의회의원 재선거로 어수선하다. 여기에 예비후보가 20여 명 등록하여 선거운동을 하고 있지만 시민들의 반응은 아주 냉담하다. 그 이유를 들라치면 누실명의 글귀로 대신해 본다. 사람에게도 마찬가지로 인품은 높이와 깊이에 있지 않고 그 사람의 태도 즉 아름다움에 있어야 하기 때문이다.

무엇보다도 정치인으로 이 사회를 이끌어 나가고자 하는 사람은 누추한 곳에 가더라도 맑은 향기를 피워 올리는 사람이 되어야 한다. 다만, 이는 문학을 하는 문인들의 사회에서

도 마찬가지다. 책은 저술 권수에 있지 않고 내용에 있음이다. 내용이 좋지 못한 책의 많은 출간은 과도한 종이의 낭비로 환경을 해치는 경우임도 알아야 한다. 간혹 이러한 문인이 다른 문인을 폄훼하면서 자랑을 하고 다녀 자괴감이 드는 경우가 있다.

내가 마산까지 그 시인을 만나러 가는 것을 지금에 와서 생각해 보면 글이 좋은 이유도 있지만, 그 사람의 태도가 좋아서 만나러 가지 않았나 하는 생각이 든다. 어디에 가든 태도가 아름답고 향기가 나는 사람이 되도록 모름지기 힘써야 하지 않을까?

# 오래된 미래 박물관

정월 대보름달을 볼 수 없다는 일기예보가 야속했다. 가족의 건강과 김해시민의 안녕, 나아가 남북관계가 불안한 우리나라의 평화를 달님께 빌어야 하는데…….

날이 흐려 하늘이 살짝 내려앉은 저녁나절 척사(擲柶)대회가 있다는 친구의 서실(書室)로 향했다. 서실에서 귀밝이술과 산나물에 오곡밥을 먹고 편을 갈라 척사대회를 했다. 신명나는 윷놀이 두어 판에 사람들과의 관계가 도타워지고 스트레스가 도망갔다. 밤이 이슥하여 수로왕릉 돌담길을 나서는데 한결 높아진 하늘 위로 조금 흐릿하지만, 보름달이 둥실 떠 있었다. 가던 걸음을 멈추고 달을 보며 마음먹었던 바람을 달님에게 빌었다.

오늘이 정월 대보름이고 보름 전이 우리 민족 최대 명절인 설날, 보름 후면 영등할미가 내려오는 2월 초하루다. 세시풍속(歲時風俗)에서 옛 것을 익히고 그것을 미루어서 새 것을 안다는 온고지신(溫故知新)이라는 말이 떠올라 내일은 박물관 나들이를 가리라 마음먹는다.

김해는 자랑거리가 더러 있다. 그중 하나가 큰 도시라고 해서 다 갖추지 못한 국립박물관이 있다는 사실이다. 가야시대 철기 문화를 다룬 것이 특색인 국립김해박물관은 김해가 역사의 고도로 문화가 우수하다는 것을 방증한다.

박물관에 도착하여 큰 소나무 아래에 전시된 고인돌을 물끄러미 바라본다. 고인돌 아래 사람이 묻혔다기보다 고인돌 위에 사람의 영혼이 편안히 앉아 있는 듯하다. 그 주변에 밝은 얼굴로 널뛰기하는 사람들이 보이고 줄다리기 줄, 투호, 제기, 굴렁쇠, 팽이 등이 갖춰져 있다. 박물관 안으로 들어서자 뒤이어 삼대(三代)로 보이는 대가족이 들어온다. 해설사가 어디서 왔느냐고 물으니 화성이 있는 경기도 수원에서 왔다고 한다.

혼자서 조용히 기억을 더듬듯 유물을 살피며 나를 찾는다. 가야의 사람들은 무얼 간절히 바랐으며, 나는 지금 무엇을 바라는가. 아침엔 보름밥을 먹었는데 그 사람들은 보름엔 무엇을 먹었을까. 죽으면 왜 새가 되려 했을까. 그 당시 옷,

나뭇잎 칼

농기구, 토기의 사용은 최상의 수단이었을까. 나는 이렇게 글을 쓰고 있는데 그 사람들의 글과 기호는, 그리고 시(詩)도 썼을까. 저기 앙상한 뼈로 누워 있는 사람이 우리의 조상이 면, 나는 미래의 조상이 되는가. 그럼 어떻게 살아야 하는가 를 묻는다.

뒤에서 청아한 목소리가 들려온다. 돌아보니 내가 아는 교 수가 예쁜 아이들을 데리고 왔다. 어린이집에 가는 날임에도 특별히 시간을 내어 왔다고 한다. 수원에서 온 대가족과 교수 의 가족 교육이 뭔가 다르다는 느낌이 드는 순간이다. 교육적 경험 즉 직접 봄으로써 습득하게 하는 살아 있는 교육이란 이 런 것이지 싶다. 즐겁게 문화유산에 대해 사유할 수 있는 공 간이 바로 여기다. 지혜를 얻는데 즐거움이 따른다면 더없이 좋다고 본다.

우리는 박물관에서 과거와의 만남을 전제로 어떻게 하면 사람답게 살 수 있을까 하는 물음에 답을 찾고 그 지혜를 얻 기도 한다. 과거를 잊어버리지 않고 반추하여 새로움을 찾는 곳으로 이는 우리네 삶에 대한 성찰이며 동시에 박물관이 주 는 힘이라고 할 수 있겠다. 김해의 정체성인 가야라는 고대국 가의 문화유산을 통해 사유를 확장하여 미래를 생각해 보는 일에서 삶의 지혜가 생기고 이의 실천으로 사회문화 발전이 이루어질 것이다.

오래전『오래된 미래-라다크로부터 배운다』(헬레나 노르베리호지)를 읽은 적이 있다. 이 책은 라다크 사람들이 현대문명의 혜택을 받기 이전과 이후의 삶이 대비되는 실태를 적고 있다. 개발과 진보에서 오는 행복의 조건과 삶을 되돌아보게 하는 고전이다. 현재에 서서 과거를 보지 않고 미래만 쳐다보는, 동전에서 한쪽 면만 바라보는 잘못을 하지 않도록 해야 한다는 교훈을 주었다.

오래된 미래로 부르고 싶은 박물관에서 우리는 과연 무엇을 배워야 할까? 박물관은 과거 유물의 보관소가 아니라 과거·현재·미래가 공존한다. 가야시대 사람들의 삶과 자연의 역사로 구성된 사건과 도구를 전시하고 시대적 의미를 부여하여 필요에 따라 재생의 기능을 주기도 하는 국립김해박물관에서 한 번쯤은 삶의 지혜를 찾아봄은 어떨까.

# 그리운 늑대

이솝 우화에 나오는 '양치기 소년'의 이야기를 모르는 사람이 있을까? 거짓말을 하면 안 된다는 교훈도 주지만, 늑대가 양을 물어 가 잡아먹는다는 사실에서 무서운 동물임을 깨닫기도 한다. 그러나 눈앞에 보이지 않는 늑대를 무서워하는 사람이 있을까?

야트막한 산 아래 위치한 창녕군 유어면 진창리는 나의 안태 고향이다. 산을 넘으면 하얀 백사장의 낙동강이 흐르고 마을 앞에는 지금은 개발이라는 명분으로 들로 변했지만 커다란 어울늪이 있었다. 나는 유년시절부터 청소년기를 거기서 보냈다. 내가 초등학교에 입학하기 전 고향에서 일어났던 늑대에 관한 희미한 사건 하나를 그려 본다.

어느 날 우리 마을에 이삼십 대로 보이는 젊은 형제가 이사를 왔다. 형은 가정을 이루어 어린 자녀가 몇 명 있었고, 동생은 출가하기 전으로 보였다. 그 사람들은 마을에서 제일 높은 위치에 토담집을 짓고 산비탈을 개간하여 담배농사를 지었다. 그 당시 담배농사는 정말 경이로웠다. 기후조건이 맞지 않는 지역에서 최초로 하는 농사였기에 관심의 대상이 되기도 했다.

그때 비로소 나는 담배는 담배나무에서 잎을 따 말려 가루를 내어 종이에 만 것이라는 것을 알았다. 젊은 사람들이 열심히 담배농사를 짓고 살아가는 모습을 보고 동네 사람들의 칭찬이 자자했다. 멀리서 담배밭을 바라보면 진한 연두로 무성하게 자란 담배나무가 바람에 흔들리는 모습이 보기에 좋았고, 불을 피워 담뱃잎을 말릴 때 피어오르는 연기 또한 아름다운 풍경이 되었다.

담배농사가 유난히도 잘 된 어느 해 여름밤인가 보다. 농부의 아내는 농사일에 지쳐 마당에 덕석을 펴고 어린아이들과 잠이 들었는데 새벽에 깨어 보니 아이 하나가 없어져 버렸다. 부랴부랴 이웃의 동네 사람들과 가족들이 횃불을 밝히고 아이를 찾아 나섰다. 아이는 담배밭 가운데 깊숙한 밭고랑에서 죽은 채로 발견되었다. 늑대가 아이를 물어다 뜯어먹고 간 것이었다. 이 처참한 광경을 처음 목격한 농부의 동생은 너무

놀란 나머지 혼이 나가 버렸다고 했다.

그 당시 또래의 동네 아이들은 밤마다 모여 긴 막대기로 칼싸움도 하고, 편을 갈라 담력이 큰 날쌘 아이 한 명을 마을 깊숙한 곳에 숨겨 두고 삼삼오오 모여 다니면서 먼저 찾아내는 편이 이기는 씨앗찾기라는 놀이를 했다. 고샅길을 돌아다니며 길의 모퉁이를 돌 때 가끔 그 혼이 나간 사람이 불쑥불쑥 나타나 겁을 주었다. 그 사람이 무섭기는 했지만, 사람을 해치지는 않았던 것 같다. 정착하여 잘살아 보기 위해 일군 담배밭이 자식의 무덤이 되고 동생을 정신 이상자로 만든 곳에서 더 살 수 없었던지 한두 해를 더 살고 그 사람들은 마을을 떠났다.

어릴 적 여름밤이면 아버지는 마당에 덕석을 깔고 그 위에 모기장을 치고 주변에는 해충이 달려들지 않게 담뱃가루를 뿌리고 모깃불을 피웠다. 부엉이 울음소리 들려오는 모기장 안에서 하늘에서 쏟아져 내리는 별을 보며 늑대와 여우 이야기를 들으며 잠을 잤다. 잠잘 때마다 늑대가 나타날까 봐 무서워 아버지의 품속으로 파고들던 그 시절이 그립기도 하다.

지금에 와서 믿기도 어려운 늑대 이야기를 하는 까닭은 우연히 고향 유어면 진창리 소식을 알고 싶어 컴퓨터 검색을 하다가 희미하게 기억하는 사실이 신문기사로 보도된 내용을

# 늑대,두 어린이 咬殺 —昌寧郡下

【釜山】 지난2일 하룻동안에 昌寧군하 두곳에서 늑대에 물려2명이 즉사했다.

▲이날밤 10시30분쯤 昌寧군장마면광리780 朴福壽씨의 장남 學源(6)군이 가족들과같이 집안마당에서 잠자다 늑대에 물려 죽었다.

▲이날새벽 2시30분쯤 昌寧유어면 진창리 태조씨의 4녀 지녀(9)양이 어머니와 함께 집안마당에서 잠자다 늑대에 물려죽었다.

텍스트 보기　　원문 한글변환

**늑대,두어린이咬殺(교살) 昌寧郡下(창녕군하)**
경향신문 | 1965.08.04 기사(뉴스)

늑대,두어린이咬殺昌寧郡下(교살창녕군하)
【釜山(부산)】 지난2일 하룻동안에 昌寧(창녕)군하 두곳에서 늑대에 물려2명이즉사했다.

▲이날밤 10시30분쯤 昌寧(창녕)군장마면광리780 朴福壽(박복수)씨의 장남 學源(학원)(6)군이 가족들과같이 집안마당에서 잠자다 늑대에 물려죽었다.

▲이날새벽2시30분쯤 昌寧(창녕)유어면 진창리 태조씨의4녀 지녀(9)양이 어머니와 함께 집안마당에서 잠자다 늑대에 물려죽었다.

찾았기 때문이다. 사라져 버린 늑대가 신문 속에서나마 나에게 존재를 알리려 했는지 외면 못 할 인연으로 다가온 것 같아 놀랐다. 기사 내용을 그대로 옮겨보면 이렇다.

**늑대, 두 어린이 교살(경향신문 1965. 08. 04. B면)**

"경향신문 1965. 08. 04. 기사(뉴스). 늑대, 두 어린이 교살 창녕군하, [부산] 지난 2일 하루 동안에 창녕군하 두 곳에서 늑대에 몰려 2명이 즉사했다. 이날 밤 10시 30분쯤 창녕군 장마면 광리 780 박○○ 씨의 장남 ○○(6) 군이 가족들과 같이 집안 마당에서 잠자다 늑대에 물려 죽었다. 이날 새벽 2시 30분쯤 창녕군 유어면 진창리 ○○ 씨의 4녀 ○○(9) 양이 어머니와 함께 집안 마당에서 잠자다 늑대에 물려 죽었다."

오십 년이 지난 녹슨 기억을 떠올려 주는 기사를 보면서 잠깐이나마 회상에 젖어 보았다. 늑대는 왜 가축과 사람을 해지는 동물로 태어나 슬픈 역사를 신문에 남겼을까. 죽은 아이 부모의 마음에 상처를 주었을까. 안타까운 마음이 아닐 수 없다. 신문을 보고 유추해 보면 매우 굶주리고 지친 외로운 한 마리 늑대의 소행으로 보인다. 창녕군 장마면과 유어면은 이웃한 면으로, 높지 않은 산의 능선으로 이어져 있다. 어슬렁

거리며 산속을 헤매다 곤히 잠들어 있는 무방비의 아이를 발견하고 본능으로 배를 채운 것 같다.

본능은 야성적일 수 있지만 남을 속이는 거짓은 아니라고 생각한다. 거짓말을 잘하는 사람들을 우리는 '양의 탈을 쓴 늑대'라고 부른다. 늑대는 정직함에도 사람에 의해 거짓말을 하는 동물로 매도되고 있다. 사람의 나쁜 면을 대변할 때 늑대에 견주는 일은 바람직하지 않다고 본다. 자연의 세계에서 늑대의 눈에 비친 인간은 단순한 적일 것이다. 만물의 영장이라는 인간이 늑대의 본성인 야성을 존중하고 두려워하여 조심하였더라면 어땠을까. 오래전 본 〈늑대와 춤을〉이라는 영화가 떠오른다.

늑대가 사람을 물어뜯어 잡아먹었다는 사실에서 무서운 동물로 인식됨은 틀림없다. 늑대가 지은 태생적 야성의 죄 때문일까? 지금은 인간이 우리나라에서 늑대를 멸종시켜 버렸다. 이젠 늑대를 무서워해야 할 이유가 없다. 늑대가 사라짐으로써 두려움과 무서워해야 할 감정마저 없어지는 현실이 되었다. 이는 사람이 약탈자 늑대가 되어 간다는 방증일지도 모른다. 사람이 사물에 대한 두려움과 무서움을 잃어버린다면 사물을 함부로 다루어 세상은 황폐해질 것이다. 그 옛날 신문 기사에 등장하는 늑대가 그리운 건 왜일까?

# 봄이면 생각나는 사람

운동 삼아 운동장 가장자리를 박음질하듯 걷는다. 한 바퀴 돌고 먼 산 한번 쳐다본다. 산은 연두색 옷을 갈아입고 그윽한 눈길로 나를 바라보고 있다. 내 마음을 알고 있다는 듯 말이 없다. 연두는 세월이 지나면 초록으로 변하고 초록은 다시 주황으로 주황은 나뭇잎으로 다 떨어져 버리고 나목(裸木)의 색으로 남는 것이 계절의 색깔인 것 같다. 따뜻한 봄날의 연두는 수채화처럼 내 몸으로까지 번져 가슴속에 자리한 봄의 사람까지 생각나게 한다.

그 사람은 수필을 쓰는 내게 너무나 큰 영향을 주었다. 정작 자신은 영향을 준 일도 없을뿐더러 알지도 못한다고 말할 것이다. 대학의 교수로서 미래의 꿈과 삶에 힘을 주는 말을 제자들에게 많이 해 주었음에도 언제 그런 말을 했는지 전혀 기억나지 않는다고 하는 사람이었으니까. 그만큼 겸손한 사람이었으니까.

제자는 아니지만, 나는 그 사람의 글에서 영향을 많이 받았다. 그리고 삶의 모습에서 더 큰 영향을 받았다. 그가 쓴 글은 살아온 소박하고 진솔한 이야기를 주옥같이 담아내어 큰 감동을 주었다. 무한 긍정의 에세이는 전범(典範)이 되다시피 했다. 나는 글을 시작할 때마다 에세이집을 뒤적이다 글을 쓴다. 그러면 써지지 않던 글도 몇 줄 더 나간다. 그의 삶은 주어진 환경에 맞서 시련을 이겨내는 희망의 메신저였다.

그 사람의 모습은 또 어떻고, 단발머리에 늘 미소가 가시지 않는 표정이다. 거기에 자기가 앓았던 소아마비가 천형(天刑)이 아닌 천혜(天惠)의 삶을 살 수 있도록 해주었다고 스스럼없이 말하는 소녀였다. 소아마비로 다섯 살 때까지 앉지도 못하고 누워 있었으며 초등학교 저학년 때에는 엄마의 등에 업혀 학교에 갔다고 했다.

이후 평생 목발에 의지해 삶을 살면서 암을 두 번씩이나 이겨내고 세 번째 암으로 돌아가셨다. 죽을 고비를 넘나드는 투병 중에도 책을 읽고 좋은 책을 집필하여 세파에 지친 우리의 가슴을 문학으로 위무해 주었다. 생활반경이 좁아 글감이 부족하면 숨김없이 마음을 고백하는 글을 쓰고 독자를 고해성사의 사제(司祭)로 모셨다던 그 사람, 사진으로 보았지만 천사임에는 틀림이 없을 것 같다.

친구를 생각하는 우정 또한 남달랐다고 한다. 김점선 화가와의 우정은 요즘 세상을 살아가는 우리에게 본보기가 되고 있다. 수필가와 화가로 만나 문학을 이야기하며 우정을 쌓았다고 한다. 동병상련(同病相憐)으로 암을 앓다가 따뜻한 봄날 친구를 먼저 하늘나라로 보내고 뒤를 따라 하늘나라로 가는 그 모습에서 사귐은 모름지기 이러해야 한다는 것을 몸소 보여주었다.

서강대학교 장영희(1952. 9~2009. 5) 교수가 장애인으로 영문학자로 문학을 사랑한 수필가로 삶을 살다가 떠난 지 벌써 7년이라는 세월이 흘렀다. 흐르는 세월에도 아랑곳없이 고통 속에서 봄꽃같이 피워낸 글로 인해 내가 글을 쓰는 동안에는 생각이 날 것 같다.

오늘은 장애인의 날(4. 20)이다. 장애인 중에는 주어진 환경을 극복하고 훌륭한 삶을 살다 갔거나 사는 사람이 많다. 책을 통해 아는 사람 중에서도 베토벤, 헬렌 켈러, 스티븐 호킹, 오토타케 히로타다, 닉 부이치치 등등이 있다. 이들은 모두 다른 나라의 사람들로 존경할 만한 인물들이다. 하지만 장애인으로(장애인이 아닌) 제일 많이 생각나는 사람은 불굴의 의

지로 성실하고 용기 있게 살다 간(그냥 인간으로 불리길 원하는) 고(故) 장영희 교수이다.

장 교수는 "내가 주는 친절과 사랑은 밑지는 적이 없습니다. 무심히 또는 의도적으로 한 작은 선행은 절대로 없어지지 않고 누군가의 마음에 고마움으로 남아 있습니다. 소중한 사람을 만나는 데는 1분이 걸리고 그와 사귀는 데는 한 시간이 걸리고 그를 사랑하게 되는 데는 하루가 걸리지만, 그를 잊어버리는 데는 일생이 걸린다는 말이 있습니다. 그러니 마음속에 좋은 기억으로 남는 것만큼 보장된 투자는 없습니다"라고 했다. 아름다운 삶으로 투자를 해서일까? 내 가슴속에 자리하는 장영희 교수는 잘 잊히지 않는다. 우리도 남에게 잊히지 않는 삶에 투자해 봄은 어떨까.

# 임신한 여자가 아름다워 보인다

여자를 보는 아름다움의 기준은 어디에 있을까? 나는 이 기준도 세월의 흐름에 따라 변해 왔다. 혈기왕성한 젊은 시절 누군가가 이상형을 물어 오면 망설임 없이 "키 크고 예쁜 여자"라고 대답했다. 그러면 되돌아오는 말은 "야! 꿈 깨"였다. 그때는 그야말로 꿈속에서 헤맸던 시절 같다. 결혼한 후에는 명랑한 여자가 아름답고, 이립을 지나 불혹이 되어선 마음씨 곱고 착한 여자가 아름답고, 지천명에는 어른을 공경하는 정숙한 여자가 아름다웠다. 아름다움의 기준이 키가 크고 작다든지 얼굴이 예쁘고 못생겼다든지 몸매가 뚱뚱하고 날씬하다든지 하는 외모에서 벗어난 지가 결혼 후부터였으니 꽤 오래되었다.

이순을 바라보는 현재의 나이에 이르러서는 이상하리만큼

배가 불룩한 임신한 여자가 아름다워 보인다. 여기에 더하여 두세 살배기 아이의 손을 잡고 조심스레 걸어가는 여자의 몸가짐은 가려(佳麗)하다 못해 경외(敬畏)스럽다. 얼마나 힘들까 하면서도 이런 풍경이 시야에 들어오면 물끄러미 바라본다. 이유는 여동생을 가져 배가 불룩한 어머니의 손을 잡고 외가에 가던 어릴 적 잠재한 기억이 깨어나서인지도 모른다. 내 짐작이 맞는다면 이들도 할머니나 외할머니를 뵈러 가는 길일 터이다. 이제는 생을 반추하면서 아들의 아들이 그리워질 나이가 되어 간다는 뜻도 담겨 있겠다.

배를 내밀고 걸어가는 저 힘들어 보이는 수고가 세상을 여는 힘이다. 배가 불룩해질 수 있음에도 배불러지는 수고로움을 외면한 사람은 이기적인 사람일 수도 있다. 아기의 울음과 웃음소리로 세상을 열어젖히지 않으면 세상은 영원히 닫혀버린다. 배가 불룩하여 아름다워질 수 있는 시기는 길지 않다. 이마저도 여자만이 선택되어 누리는 특권이라면 현실과 동떨어진 생각일까. 주어진 특권을 누리지 못한다면 삶 중에서 무언가 놓치고 사는 삶이라고 헤아린다. 사람이 세상에 왔다면 이름을 남기는 일도 나쁘진 않겠지만 무엇보다도 후손을 남기고 가야 한다. 고(故) 장영희 교수는 이를 두고 '작은 풀 한 포기, 생쥐 한 마리, 풀벌레 한 마리도 그 태어남은 이 우주 신비의 생명의 고리를 잇는 귀중한 약속이다'라고 했다.

약속은 지키는 게 만고의 진리다. 배가 불룩한 여자가 아름답다 함은 보이는 그대로 새로운 생명을 잉태하여 세상에 태어나게 함이며 새 생명은 다시 새 생명을 낳기에 아름다운 것이다. 배부른 여자를 미인으로 보는 나와 같은 사람이 얼마일지는 모르나 아름답게 보아 주는 사람도 있으니 축복받은 삶으로 수긍된다. 그릇된 사고로 축복받을 수 있는 삶을 포기한다면 소중한 약속을 어기는 일이다. 약속을 어김으로 말미암아 미래에 가서는 우주의 질서가 무너진다. 미래에 대한 약속은 지켜야 한다는 진리를 넘어 사명으로 본다면 무리일까.

온고지신(溫故知新)이라 했다. 나는 과거를 알기 위해 진품명품이라는 텔레비전 프로를 즐겨 본다. 얼마 전 부산 해운대구 출장감정에서 금방이라도 아기가 태어날 태세의 배가 불룩한 새댁이 시아버지로부터 선물 받은 글씨 한 점을 들고 나왔다. 감정가가 어느 정도 높게 나오자 환한 표정으로 기뻐하던 모습이 눈에 선하다. 시아버지에겐 불룩한 배에 밝게 웃는 모습의 며느리는 감정가를 매길 수 없는 최고의 진품이고 명품일 것이다. 시아버지는 얼마지 않아 새 생명을 안아 보는 행복을 누리고 새 생명이 주는 힘도 느낄 것이다.

우리는 어머니의 불룩한 배에서 태어났고 또 태어난다. 배

가 불룩한 어머니의 자태가 진정한 여자의 아름다움이 아닐까. 긴말 필요 없이 오로지 새 생명을 가졌다는 현실 하나만으로도 명징하다. 예전에 보지 못했던 새로움을 보는 눈으로 배가 불룩한 임신한 여자를 아름답게 보는 안목을 가져 꽃을 마주하듯 대해 주길 당부해 본다. 세월이 흘러 여자에 대한 나의 아름다움의 기준이 어떻게 변해 갈지 모르나 한 가지 분명한 사실은 신생아 1명당 국가 예산 1억 돌파가 아니라 대한민국의 인구가 1억이 되기 전에는 변치 않을 것 같다.

발문

# 『나뭇잎 칼』에 덧붙여

김참(시인)


　양민주 선생님은 2006년『시와 수필』, 2015년『문학청춘』
으로 등단한 수필가이자 시인이다. 그와 나는 비슷한 점이 많
다. 우리는 소띠다. 그는 61년생이고 나는 73년생이다. 우리
는 식물을 좋아한다. 춘란을 기르던 시절, 겨울이 오면 나의
시간표는 거의 등산과 탐란으로 이어졌다. 그러던 중 양민주
선생님도 춘란을 좋아한다는 사실을 알고 놀랐던 기억이 난
다. 춘란 중에서도 소심을 길러본 적이 없어서 언젠가 소심을
길러봐야겠다는 생각을 하고 있었는데 어느 날 선생님은 생
각도 못 하고 있는 나에게 소심 화분 하나를 선물했다. 비록
오래 키우진 못했지만 누군가에게 춘란을 선물 받은 것은 처
음이었다.
　그는 춘란뿐만 아니라 꽃과 나무를 사랑한다. 이번 수필집

을 읽어보니 그의 식물 사랑이 어디서 비롯된 것인지 어렴풋이 짐작할 수 있었다. 이제 춘란은 기르지 않지만 나는 베란다에 다육식물을 기른다. 우리는 같은 도시에 산다. 그는 30년 정도 나는 20년 정도 김해에 살고 있다. 우리는 심지어 일하는 곳도 같다. 주로 일하는 건물은 다르지만 학교 안에서 종종 그와 마주치기도 한다. 나는 가끔 그가 일하는 곳에 인사차 들르지만 그는 자주 나에게 전화를 걸어 우리는 같이 식사를 한다. 해장국을 먹으며 반주로 막걸리도 한 잔씩 하고 식후엔 커피를 한 잔 하기도 한다. 종종 야생화 가득한 산비탈 식당에서 산채비빔밥을 먹기도 한다.

아기 엄마가 출산을 하고 산후조리원에 있을 때 우리는 그에게 꽃바구니를 선물 받았다. 일을 마치고 아이와 아내가 있는 산후조리원으로 가면 가족들보다 먼저 꽃바구니의 꽃들이 인사를 했다. 그에게 말은 하지 못했지만 꽃바구니 선물은 정말 고마웠다. 그가 선물한 한국춘란 소심 한 분과 출산 축하 꽃바구니는 내가 그에게 진 마음의 빚이다.

양민주 선생님은 서류봉투에 원고 뭉치를 넣어 나에게 읽어보라며 보여주시는 때가 있다. 그러던 어느 날 그는 원고 뭉치를 넘겨주며 두 번째 수필집에 붙이는 해설을 부탁했다. 나는 빚지고는 못 사는 성격이지만 은근슬쩍 빚 안 갚고 넘어

가고 싶었다. 개인적으로 힘든 시기를 보내고 있기도 하지만 국문학을 전공한 나에게도 수필은 익숙한 장르가 아니었기 때문이다. 이런저런 산문을 쓰고 있긴 하지만 수필에 대한 글은 써본 적이 없어서 어려운 숙제를 해야 하는 초등학생이 된 기분이다. 어떻게 해야 할까. 일단 황국명 선생님이 쓴 첫 수필집의 해설을 읽어본다. 전에도 읽었지만 다시 읽어봐도 잘 쓴 글이다. 그래서 한 번 더 읽어본다. 그리고 생각해본다. 나는 해설을 잘 쓸 수 있을까. 불가능하다. 내공도 필력도 턱없이 부족한 데다 첫 수필집의 해설은 이미 그의 수필을 관통하는 중요한 지점을 빠짐없이 이야기했다. 이는 이번에 묶는 책의 내용을 아우르는 것이기도 하다.

나는 거기에다 어떤 말을 보태야 하나. 고민에 고민을 거듭해도 뾰족한 생각이 나지 않는다. 오랫동안 글을 못 쓰고 있는 차에 양민주 선생님의 전화를 받았다. 부탁한 지 꽤 오래되었는데 아직도 글을 안 보내주니 얼마나 답답하셨을까. 통화를 하다 보니 내가 써야 하는 글이 해설이 아니라도 된다고 하신다. 그렇다. 곰곰이 생각해보니 원고를 건네주실 때 해설을 써달라고 한 게 아니라 글을 하나 써달라고 하셨던 기억이 났다. 기억을 되살려내자 부담감이 좀 가셨다. 선생님은 나에게 발문 성격의 글을 부탁한 것이었는데, 나는 해설을 써야 한다고 생각했던 것이 아닐까. 해설을 써야 한다는 부담감이 줄어들자 글쓰기가 한결 편해진다. 발문 성격에 해당하는 이 글은 그의 수필에 대한 소박한 감상이자 그의 인간적 면모에 대한 단상임을 밝혀둔다.

양민주의 문학적 씨앗은 고향인 창녕에서 발아했다. 그가 쓴 수필과 시는 우리를 자주 그의 고향마을인 창녕으로 안내한다. 그가 나에게 들려준 이야기 가운데 가장 기억에 남아 있는 것도 그의 고향 창녕 이야기다. 지금은 사라진 어울늪 이야기, 화왕산 이야기, 선친에 관련된 이야기, 남생이 이야기, 그리고 고향 집 시렁 이야기 등이 기억난다. 그에게 들었던 이야기 가운데 상당 부분은 그의 수필에서 다시 읽을 수 있었다. 양민주 수필의 중요한 테마는 집과 가족 그리고 고향에 대한 기억 같은 것들이다. 그의 고향집 시렁에 대한 이야기는 무척 익숙하다. 그는 「사다리꼴 시렁」에서 장손인 아버지가 고모들과 삼촌의 도움을 받아 안채를 다시 지은 이야기를 들려준다. 그 와중에 그는 시렁으로 쓸 나무를 잘라 썰매를 만든다. 나는 그 이야기를 몇 차례 들었다. 소년이었던 양민주는 "터를 고르고 주춧돌을 놓고 기둥을 세우고 상량을 올리고 서까래를 다듬고 짚을 잘게 썰어 넣어 진흙을 이겨 벽을 세우고 기와를 올리고 하는 집 짓는 과정"을 보면서 자란다. 그리고 "문도 달지 않은 방에서 아버지와 같이 여름밤을 지내며 으스름달 빛에 하늘의 시렁 위에 올라앉은 별을 보면서 잠을 잔 기억"이 떠오른다는 이야기도 들려준다.

지금은 사라진 어울늪에 대한 사연도 기억에 오래 남아 있다. 그 이야기를 듣는 동안 늪을 건너 등교하던 개구쟁이 소년 양민주가 떠올랐다. 「사다리꼴 시렁」에도 어울늪에 대한 짧은 소개가 나온다. 마을 앞에 우포늪 크기만 한 늪이 자리하고 있었다는 이야기. 경지정리 사업으로 논으로 변해버렸지만 그 늪은 어린 시절 놀이터였다는 이야기. 그런 이야기들이 다시 떠오른다. 겨울에는 꽁꽁 언 늪에서 연을 날리고 얼음에 구멍을 뚫어 고기를 잡고 썰매를 타고 놀던 이야기. 새 썰매를 만들기 위해 재료를 찾던 중 아버지가 사둔 각목이 눈에 들어왔다는 이야기. 시렁을 만들 각목인 줄 모르고 잘라서 썰매를 만들어 타고 놀았다는 이야기. 그래서 지금도 고향집 시렁이 사다리꼴이라는 이야기. 그런 이야기들이 떠오른다. 그에게 들었던 이런 그의 고향 이야기들은 그가 이미 우리에게 보여준 첫수필집과 이번에 출간하는 두 번째 수필집에서도 다시 들을 수 있었다. 익숙하지만 아주 정겨운 이야다.

이번 수필집에도 고향집을 배경으로 한 작품들을 찾아볼

수 있다. 집은 인간이 살아가는 가장 기본적인 생활의 터전이다. 우리의 모든 활동은 집에서 나와서 집으로 돌아오는 과정의 반복이라고 할 수 있다. 집은 가족들과 내가 함께 살아가는 장소다. 그런 집에서는 여러 가지 사건들이 발생한다. 그의 시와 수필은 집이라는 공간에서 가족들 간에 일어나는 크고 작은 이야기들을 상당 부분 담아낸다. 그런 이야기들 가운데 창녕의 고향집을 배경으로 하고 있는 그의 시「수수밭에 들다」 같은 작품이 문득 떠오른다.「수수밭에 들다」는 선생님의 시 가운데 개인적으로 가장 좋아하는 작품이다.

　이번 수필집에서 고향을 테마로 한 것 가운데 가장 인상적인 작품은「그리운 늑대」다. 그에게 한 번도 들어본 적 없는 낯선 이야기다. 일가족의 몰락을 담은 슬픈 이야기인데 이상하게 잘 잊히지 않는다. 동네와 떨어진 곳에서 담배농사를 짓던 가족의 생활상과 늑대의 출몰담을 담은 이 작품은 그가 초등학교를 입학하기 전의 기억을 되살려 쓴 것이다. 늑대가 농부의 아이를 물어 죽이는 사건은 끔찍하지만 양민주는 늑대가 인간과 공존하던 그 시절을 그리워한다. 그 시절은 인간이 야성을 지닌 대상에 대한 두려움을 지니고 있었던, 지금은 되돌아가기 어려운 시절인 셈이다. 양민주에게 고향인 창녕은 그런 야성의 기억이 담긴, 지금은 되돌아갈 수 없는 낙원

같은 곳으로 각인된 듯하다.

　가족과 고향에 대한 기억, 이를테면 어울늪이 있던 시간과 수수밭에서 숨어 화가 난 어머니를 피해 있던 시간들, 이런 것들을 호명하고 복원하는 것이 양민주 수필의 매력이다. 그가 주로 되살려내는 것은 아주 오래된 기억 속의 풍경이다. 북향의 사랑채 앞으로 펼쳐진 마당가에 작약꽃이 무더기로 피어 있고 마당가 오른쪽에 대문이 있고 왼쪽에는 장독대가 있고 장독대 옆 앵두나무엔 설익은 열매를 달고 있는 풍경. 박태기나무, 가죽나무, 설류화, 접시꽃 등이 한자리를 차지하고 있는 아주 오래된 풍경. 양민주 선생님이 베란다에 꽃과 나무를 오래 길러온 것도 이런 오래된 풍경에 대한 그리움에서 비롯된 것이 아닌지 모르겠다. 도시생활을 한 그는 집 베란다에 꽃과 나무를 기르며 고향집을 되살려내고 있는 것이 아닌지 모른다. 앵두나무와 마주하여 키 큰 늙은 감나무도 서 있고 감나무와 앵두나무 사이에 신비로운 우물이 있던 아주 오래된 풍경 속에서 밝은 달밤에 아무도 모르게 살며시 방에서 빠져나와 우물을 들여다보며 그 속에 비친 달과 별을 보는 아이. 커다란 감나무 잎이 우물에 비쳐 바람에 살랑거리면 우물 속에선 하늘에 물고기가 노는 그런 환상적인 풍경을 마음에 담아 다시 방으로 들어와 잠을 자던 소년. 지금은 성

『나뭇잎 칼』에 덧붙여

인이 된 이 소년은 아직 그의 마음속에 동심을 간직한 채 살아 숨 쉬며 근심걱정 없고 모든 것이 신비롭고 아름답던 낙원과 같은 유년의 세계를 복원하고 있다. 그 세계는 낙동강 둔치에서 소를 치다가 더우면 낙동강에서 멱을 감고 배가 고프면 헤엄을 쳐서 강 건너 하얀 백사장을 지나 수박 서리를 하던 유년의 아름답고 행복한 곳이다. 하지만 인자한 아버지가 계시고 정다운 가족들이 있고, 가족 같은 이웃들이 함께하던 그곳은 이제 돌아갈 수 없는 기억의 저 먼 곳에 위치하고 있다. 그의 마음에는 언제나 그곳을 그리워하는 소년이 살고 있지만 어느덧 그도 이순을 바라보는 나이가 되었다.

유년의 생활터전에 관한 기억은 집과 가족의 영역에 그치지 않고 그가 생활하던 공동체에 대한 감각으로 확장되어 나타난다. 그 가운데 인상적이었던 것은 광복절의 마을대항 축구 이야기다. 어린 시절 광복절 날, 면 소재지 초등학교 운동장에서 마을 대항 축구대회가 개최된다. 여러 마을에서 동네 청년을 주축으로 마을 사람들이 참여하여 자웅을 겨룬다. 운동장에는 흙먼지를 일으키며 공을 차는 선수들도 있지만 운동장 가장자리 나무 그늘에서 마을 사람들이 천막을 치고 커다란 가마솥에 불을 피워 국밥도 끓인다. 이 풍경에서 특별히 눈길이 가는 곳은 마을 사람들이 음식을 나눠 먹는 장면이다. 이 장면에서 마을 사람들은 마치 확장된 가족과 같은 느낌을 준다.

양민주는 이런 마을 공동체의 아련한 기억을 마치 어제 있었던 일인 듯 되살려낸다. 이 기억에서 마을 전체는 하나의 커다란 가족이기 때문에 마을 사람들과 나는 남이 아니다. 마을의 경기가 있을 때마다 목이 터지라 고함을 지르며 응원을 하는 것도 그들이 남이 아닌 나의 가족과 같은 사람들이기 때문이리라. 이런 공동체의 감각을 지닌 이들은 도시라는 근대적 공간에서 생활하면서 그가 기억하는 생활방식과 도시의 삶의 방식 사이에 큰 괴리가 있다는 것을 느끼게 된다. 우연히 지갑을 주워 돌려준 에피소드를 담고 있는 「지갑을 줍다」에서 지갑만 돌려받고 고맙다는 인사도 없이 가버린 젊은 남자가 그런 공동체의 감각이 없는 도시적 인간형을 대표하는 사람일 수도 있다. 수필을 통해 공동체에 얽힌 기억을 복원하려는 그의 시도는 무척 가치 있는 것으로 생각한다. 그는 이런 이야기를 통해서 우리에게 작은 것도 나누고 서로 배려하고 이해하는 가족과 같은 마음이 필요하다고 역설하고 있는 듯하다.

자녀를 키우는 가장의 입장에서 부정을 표현한 글들도 눈에 들어온다. 「양주」, 「아들과의 여행」, 「장정소포」 같은 글에서 우리는 이 시대를 살아가는 평범한 아버지의 마음을 읽을 수 있다. 「양주」는 딸이 선물한 술의 처분 문제를 둘러싼 소극이지만 아버지를 생각하는 딸의 마음이나 선친을 그리워하는 글쓴이의 마음도 나타난다. 그는 딸과 한집에 살면서 대화라고는 깊이 해본 적이 없는 매정한 아버지였다고 이야기한다. 밤늦게 돌아다니지 말고 일찍 집에 들어오라는 말과 공부 열심히 하라는 잔소리만 했지 딸이 선물을 주면서 아버지를 생각하는 마음과 같은 이런 감동을 가르친 적은 없다고 고백한다. 딸은 먹먹한 감동을 주면서 오래된 양주처럼 그를 취하게 한 것이다. 어릴 적에 "아버지 제가 크면 좋아하는 술 많이 사드릴게요. 건강하게 오래오래 사세요" 하고 철없이 한 그 말을 지금은 하고 싶어도 할 수가 없는 어른이 되었다고 말하며 선친에 대한 그리움도 표현하고 있다.

「아들과의 여행」은 제목 그대로 아들과의 여행담이다. 그는 여행을 하면서도 아들과 많은 대화는 나누지 못했다고 말한다. 하지만 길을 같이 걷고 점심을 같이 먹고 같은 자동차 안에서 시간을 보냈다는 사실만으로 좋았으며 이심전심으로 마음이 통하고 있음도 느꼈다고 들려준다. 둘만의 비밀을 가진 것 같았던 이 여행은 추억을 남기기 위해 몇 장의 사진을 찍고 돌아온 캄캄한 밤이 되어야 마무리된다. 그러나 아들과의 여행이 비단 이 하루에 지나지 않는 것일까. 아들과 같이 생활해온 평생이 그에게는 아들과의 여행이었을 것이다. 집으로 오는 길에 야간 운전을 하면서 옆을 슬쩍 바라보니 아들은 졸음을 참고 있다. 피곤한 모습이 안쓰러워 눈을 붙이라고 해도 운전하는 아빠가 있는데 잠을 잘 수 없다며 휴대전화기로 음악을 들려주었다는 이야기. 이런 일상적인 이야기들은 아버지와 아들이 서로를 생각하는 따뜻한 정을 담고 있는 것이지만 이런 이야기를 읽다 보면 아이였을 적 아버지와 함께 지내던 그의 어릴 적 이야기가 자꾸 겹쳐진다. 그의 시 「리좀, 의자에 관한 단상」 같은 시가 떠오르는 것이다.

「장정소포」는 군입대한 아들에게서 온 '부모님께 보내는 장정 소포'가 배달된 사연을 담았다. 훈련소에 입소하면 군복을 지급받고 나서 입고 갔던 옷과 신발을 벗어 편지와 같이 담아 소포로 집에 보낸다. 집에 계신 부모님은 이 소포를 받아들고 급하게 내리갈긴 짧은 편지를 읽으며 많이 운다고 한다. 그의 어머니도 많이 울었다는 소식을 누나로부터 전해 듣고 울먹인 기억이 있다고 그는 고백하고 있다. 물론 나에게도 같은 기억이 있다. 자식을 키우는 부모의 마음은 모두 같지 않을까. 그래서 세월호 이야기를 담은 그의 글을 읽으면 자식 잃은 슬픔을 함께 나누려고 하는 그의 마음이 느껴지기도 한다. 이 마음은 어른들과 우리 사회의 여러 문제에 대한 반성으로 이어진다. 그래서인지 이번 수필집에는 우리 사회의 이런저런 문제에 대한 고민을 담은 것들도 제법 눈에 띄었다.

책의 내용이나 목적 따위를 간략하게 적는 머리글의 「아가」와 「돼지의 배를 불리는 지혜」, 「임신한 여자가 아름다워 보인다」에서는 우리사회가 직면한 저출산 문제에 동참하여 소리 없는 목소리를 내는데 울림이 크다. 「보수에 대한 생의 단편」에서는 최근 일어난 크고 작은 사고가 눈앞에 보이는 경제적 이익을 추구하여 규제를 푼 데 있다고 본다. 규제를 풀면 가시적인 이익이 생기지만 이런 효과는 얼마 가지 않아 문제가 생기고 돌이킬 수 없는 사고로 이어져 최악의 결과를 초래한다고 지적한다. "결과에 대한 다음 순서는 수습인데 이 수습에 드는 비용이 가시적 이익보다 클뿐더러 애먼 국민들이 낸 세금으로 충당된다는 사실"에 그는 화를 내기도 한다. 그리고 국민보다 기업의 이익에 맞춰 정치가 놀아나서는 안 된다고 지적한다. 세월호 침몰과 철도 사고가 그랬고, 규제를 풀어 오래된 원전을 돌리고 있는 원자력 발전소도 그렇지 않을까 하고 불안해한다. "원자력의 피해는 인류가 멸망할 때까지 지속한다고 하니 무시무시하다. 부디 예측에만 그치길 안전에 규제를 더하고 원자력 발전소는 가동중단을 해주었으면 한다."는 강경한 목소리는 그의 첫 수필집에서는 찾아볼 수 없는 것이었던 것이라 생각된다.

부원동 시장 문제를 다루고 있는 「시장과 인생」에서도 비슷한 목소리를 들을 수 있다. 그의 말처럼 시장은 삶과 밀접한 관계를 맺는 곳이며 물건을 사고파는 곳이기에 사람들과의 관계 속에 흥정과 소통이 있다. 그리고 정이 흐른다. 이런 풍경이 좋아 그는 종종 시간을 내어 동네에 있는 시장 구경을 하러 간다. 입춘을 넘겼어도 날씨가 찬 겨울, 김해 부원동 옛 새벽시장에서 시장 사람들은 부지런히 아침을 연다. 그가 잘 설명하고 있는 것처럼 부원동 새벽시장은 구 시외터미널 주변에 난전이 하나둘 생기면서 자연스레 형성되었다. 터미널이 외동으로 이전되자 사유지인 그 자리에 자릿세를 내고 시장이 들어서 규모가 커졌다. 그런데 경전철이 개통되자 김해시는 도시 미관을 이유로 새벽시장 노점상을 단속하기도 했다. 2014년 가을 추석 대목장을 끝으로 새벽시장은 폐쇄된다. 하지만 시장 사람들은 삶의 터전인 그곳 도로변에서 여전히 장사하고 있고 이 때문에 김해시와 잦은 충돌을 빚고 있다. 이 문제는 물리적인 방법보다는 머리를 맞대어 대화로 대안을 마련하고 서로 조금씩 양보하여 잘 해결되는 것이 바람직하다고 그는 이야기한다. 선거철을 맞이하여 제대로 된 일꾼을 뽑아야 한다는 그의 목소리 역시 이번 수필집에서 종종 들을 수 있다. 물론 이런 목소리가 지역 신문의 청탁에 의해 쓴 글들이었기 때문에 시사적 내용을 담아 나올 수 있었던 것이지만, 우리사회나 공동체에 대한 그의 발언은 첫 수필집에 비해 훨씬 풍부해진 것이 사실이다.

「김해라는 공간」에서도 우리는 그의 그런 목소리를 들을 수 있다. 김해 동서쪽에 이미 많은 아파트가 들어섰고 남쪽에는 일부 고층아파트가 들어섰는데 또 짓고 있다는 이야기. 지난날 김해 들판에 나가 도심을 바라보면 시가지가 아늑하게 다가왔는데 이젠 이 아름다운 풍광을 볼 수 없어 안타깝다는 이야기. 북쪽에도 아파트가 들어서 있는데 또 지으려고 한다는 이야기. 아파트를 짓는 것은 나무랄 수 없지만 아파트를 짓는 모든 기업은 이익을 추구하기에 앞서 입지적으로 집을 지어 마땅한가를 고려해주었으면 좋겠다는 이런 이야기들은 같은 도시에 살고 있기 때문에 공감할 수 있는 부분이 많다. 김해를 배경으로 쓴 글이나 단상은 이번 수필집에서 종종 찾아볼 수 있다. 「오래된 미래 박물관」 같은 글이 그렇다. 김해국립박물관에 대한 이야기를 담은 이 글에서 그의 말처럼 우리는 박물관에서 과거와의 만남을 전제로 어떻게 하면 사람답게 살 수 있을까 하는 물음에 답을 찾고 그 지혜를 얻기도 한다. 과거를 잊지 않고 반추하여 새로움을 찾는 것은 우리 삶에 대한 성찰이자 박물관이 우리에게 주는 힘이 되는 것이다. 그의 말처럼 구산동의 국립박물관은 단순히 과거 유물의 보관소가 아니라 과거·현재·미래가 공존하는 곳이다. 그러니까 오래된 미래 박물관이 되는 셈이다.

시적인 느낌으로 충만한 표제작 「나뭇잎 칼」에 대해 이야기 하지 않을 수 없다. 삼랑진 만어사(萬魚寺)에 가본 경험이 있는 사람은 누구나 알고 있겠지만 절을 향해 올라가는 가파른 길은 무척 올라가기 힘들다. 그래서 느티나무 아래 벤치에 털썩 주저앉게 되고 아예 드러누워 쉬어 가야 오를 수 있는 곳이다. 양민주는 이 고행의 길에서 '나뭇잎 칼'을 발견하게 된다. 스르르 눈이 감기며 졸음이 쏟아지고 간질이는 햇살에 실눈을 뜨면 파란 하늘이 모가 닳아빠진 세모 네모꼴로 조각나 있다. 나뭇잎 칼이 하늘을 조각내는 것이다. 나뭇잎 칼의 발견은 실로 놀랍다. 외물과 나의 경계가 해체되고 모든 존재들이 동일자로 혼융되는 이 체험은 마치 샤먼들의 접신체험을 연상케 한다. 칼 그림자가 우수수 떨어져 몸을 덮고, 심신의 피로가 나뭇잎 칼에 잘려 나간다. 나뭇잎 칼 속에 들었다가 길 떠나는 한 마리의 나비는 갓난아기의 자태로 자유롭고 가볍다. 벤치에서 일어나 다시 길을 떠나는 그 시각은 그가 나비같이 가벼운 존재로 새로 태어나는 시점이다. 나뭇잎 칼은 삼라만상을 잘라낸다. 흰 구름도 자르고 태양도 곤줄박이도 이국으로 가는 비행기도 잘라낸다. 나뭇잎 칼은 사물을 베고 찌르지만, 피를 내는 법이 없다. 비스름한 모양의 음영을 빚을 뿐이다. 느티나무도 우주를 지배하는 하늘의 명을 알아 나뭇잎 칼을 매달고 있다. 계속되는 그의 이야기를 더 들어보자.

봄이 오면 나뭇잎 칼은 싹을 틔워 자라고 여름이 오면 춤 추고 가을이 오면 수채화가 된다. 그리고 겨울이 오면 지상으로 내려와 맡은바 직분을 다한다. 늘 그 자리에 있는 칼이다. 녹음이 짙어 가는 계절에 삭신이 느른하여 느티나무 아래에 놓인 벤치에 눕지 않았다면 나뭇잎 칼을 보지 못하였으리라. 새로운 사물의 현상을 보기란 더없이 어려운 일이다. 꽃에 관심을 둔 나에겐 나뭇잎 칼의 발견은 정말로 큰 행운이다.

내가 나뭇잎 칼을 그리워하는 횟수는 아마도 내 나이에 비례할 것 같다. 나이가 들수록 버리기와 변화하는 일이 어렵다. 나무의 뿌리와 둥치는 사계절을 지나면서 나뭇잎 칼에 생성하고 소멸하는 변화를 준다. 그 변화의 과정 속에는 여러 사람의 인생 노정을 지켜보고 한순간 역사의 증인이 되기도 하며 갈 길을 찾아주는 이정표가 되기도 한다. 일편 나에게도 일상의 기우(杞憂)를 내려놓게 하고 고루한 고정관념에서 벗어나는 변화를 주기도 한다.

나뭇잎 칼 너머에 떠 있는 눈부신 태양은 따사로운 햇살을 퍼트리며 나그네의 옷을 벗게 한다. 그러나 나뭇잎 칼은 나그네의 옷과 달라서 성긴 채로 푸르러 간다. 나뭇잎 칼이 베어낸 하늘의 껍질인 그림자 또한 만어사 입구를 가득 채운 돌무더기 닮은 물고기 떼처럼 느껴진다. 이 껍질들이 갑자기 돌로 변한다면 우리는 돌의 무덤 속에 들게 되기도 할 것이다. 참으로 놀라운 발상이 아닐 수 없다. 만어사 돌무더기와 물고기 떼 시이의 간극이 사라지고 물고기와 돌이 하나가 된 신비로운 순간처럼 양민주는 나뭇잎 칼과 자신 사이의 경계가 무화되는 순간을 노래한다. 마치 시 같다. 황홀함으로 가득한, 그야말로 시적인 느낌으로 충만한 순간을 읊는 것 같다. 그가 전하는 말처럼 우리의 인생노정도 나무의 성장이나 변화, 사

멸과 닮은꼴일 것이다. 나이가 들수록 버리는 일과 변화하는 일은 어렵다. 그러나 나무와 나뭇잎 칼을 보면서 양민주는 삼라만상의 변화와 순환의 이치를 이해하고 그것을 받아들여야 한다고 생각한다. 우리도 나무처럼 무욕의 삶을 살아가야 하는 것이 아닌가 하는 반성. 이런 순응과 자연적 삶의 방식에 대한 탐구는 이번 수필집에 수록된 몇몇 작품들에서 읽어낼 수 있다.

　소유의 문제나 무욕의 삶에 대해 생각하는 그의 글들은 나뭇잎 칼과 그 생각의 궤를 같이하고 있는 것 같다. 무소유를 또 다른 소유로 볼 수 있지 않을까? 필요 없는 물질적 욕망을 버림으로써 자신에게 진정으로 필요한 것을 얻게 되는 경지, 물질적 욕망으로 가득한 세계에서 그런 욕망을 충족하며 살아가는 우리에게 요구되는 삶의 태도는 나무가 자신의 잎을 버리는 것처럼 자신이 가진 것을 버리는 태도가 아닐까? 그리고 그런 것이야말로 진정한 자유에 이르는 길이 아닐까? 이런 생각을 문득 해본다. 그가 이야기하고 있는 것처럼 한 해를 마무리하면서 우리는 자신이 이루고자 한 일에 대해 처음부터 차분히 되돌아보기도 한다. 그러나 생각해보면 내가 이루고자 한 일은 그의 말처럼 나의 욕심에 지나지 않는 것일 수 있고 이 욕심을 채우지 못하였을 때 우리는 허무한 마음을 느끼기도 한다. 애초에 욕심을 부리지 않았다면 한 해를 마무리할 때 이런 허무한 마음이 싹을 틔우지 못했을 것이다. 한 해의 계획이 실패한 것은 무리하게 계획을 세우고 욕심을 부려 내 것으로 소유하고자 한 데서 비롯된 것이 아닐까? 글을 읽는 나도 글을 쓴 그의 경우와 마찬가지로 거창한 계획을 세우거나 욕심을 내는 것보다는 필요 없는 것들을 버리는 삶을 생각해보기로 했다.

3월 초다. 봄이 다가오고 있다. 봄이면 생각나는 사람이 있다는 그의 이야기를 떠올려본다. "소중한 사람을 만나는 데는 1분이 걸리고 그와 사귀는 데는 한 시간이 걸리고 그를 사랑하게 되는 데는 하루가 걸리지만, 그를 잊어버리는 데는 일생이 걸린다"는 말을 생각해보게 된다. 생각해보니 양민주 선생님과 나의 인연도 제법 오래되었다. 그간 그가 써온 글들을 떠올려보며 나는 그의 수필의 방향성을 나름대로 진단해본다. 그의 수필은 그가 「의령과 할아버지」에서 이야기하고 있는 것처럼 낙동강 줄기를 따라 내지나루에서 이이목나루를 거쳐 기강나루까지 배를 타고 하는 여행 같은 것이 될 것 같다. 할아버지의 함자에서 실마리를 풀어 관계를 엮은 의령과 자신의 고향인 창녕, 그리고 자신의 뿌리를 찾아가는 길, 아버지가 그에게 해주었듯이 아버지와 할아버지에 대한 이야기를 자식에게 해주는 일. 그의 수필은 앞으로 그런 것들에 대한 기록이 될 것 같다. 이런 기록들은 그가 「나뭇잎 칼」에서 보여준 것처럼 시적인 경지로 승화되었으면 좋겠다. 지금 그가 사는 삶의 터전에 대한 이야기도 더 많은 부분을 차지하게 될 것 같다. 이런 이야기들을 글로 남기는 것은 소중하다. 한 사람이 무슨 생각을 하며 어떻게 살았으며 어떤 고민과 걱정, 기쁨과 슬픔을 가지고 이 세상을 살아가고 있는지에 대한 이야기, 꽃내음과 나뭇잎 향기가 나는 글, 양민주 선생님이 그런 글들을 앞으로도 계속 써주시길 기대해본다.

# 나뭇잎 칼

초판 1쇄 발행  2019년 5월 31일

지은이  양민주
그린이  박정식
펴낸이  강수걸
편집장  권경옥
편집  윤은미 이은주 강나래
디자인  권문경 조은비
펴낸곳  산지니
등록  2005년 2월 7일 제333-3370000251002005000001호
주소  부산시 해운대구 수영강변대로 140 BCC 613호
전화  051-504-7070 | 팩스  051-507-7543
홈페이지  www.sanzinibook.com
전자우편  sanzini@sanzinibook.com
블로그  sanzinibook.tistory.com

ISBN  978-89-6545-600-1 03810